恋は暗黒。

十文字青

JUUMONJI AO Illustration: BUNBUN

［イラスト］
BUNBUN

2

「たんこぶ……」

（……笑って——る？）

「ほんっっ……とに、
なかなかしつこいよね。
こういうときのあすみんって」

「わりとあきらめが悪いんだよね、あたし」

雪定
「ずいぶんたくさんあるね」
想星
「……ぜんぶ
食べられるかな？」
1985

モエナ
「これくらい、
一気だから！」
あすみん
「カロリーやばいよ、モエ！」
くちな
「……わたし、
……初めて」
ポテパ（ポテトチップス・パーティ）

目次

CONTENTS

恋は暗黒。2

十文字 青

MF文庫J

口絵・本文イラスト●BUNBUN

Ø1　BLOOD MARKET RULES

——ところで、真紅の貴婦人と呼ばれる女の噂《うわさ》を耳にしたことは？

ある界隈《かいわい》ではけっこうな有名人なのだが、そうした階層に属している者、それらの人びとの関係者以外は、一生耳にする機会がない名かもしれない。

単に、貴婦人、と称されることもある。

レディー・エル、とも。

一説によると、東欧某国の外交官キラーイ・ラスロの息女キラーイ・エルジェベートこそが、謎めいた貴婦人の正体だとされている。しかし記録上、彼女は三十数年前、父の離任とともに帰国しており、その後、入国した形跡はない。もっとも、父ラスロは帰国後間もなく死亡。その娘エルジェベートも消息不明だ。記録上は。

貴婦人とは何者なのか。

否《いや》——

いったい何物なのか。

謎めいてはいるが、間違いなく実在する。貴婦人は伝説の主では決してない。

『どう、想星《そうせい》？』

イヤホンを通して姉が訊《き》いてくる。

「もうすぐ、三台目が到着しそうです」

想星《そうせい》は単眼の暗視鏡を覗《のぞ》きながら小声で答えた。暗視鏡といっても、ネットで一万数千円も出せば買えてしまう。ちゃちな代物だが、約二百メートル先に建つ洋館の出入口を監視するには十分だ。

『三人目の客ね。午前一時四十七分。これで最後のはずだわ』

「はい。情報が正しければ……」

『私の情報収集能力を疑っているのかしら』

「え？　いや、そんな、とんでもない――あっ、車が停《と》まります」

館の車寄せに自動車が停まった。車寄せの一帯は明るいので、この安物の暗視鏡越しだとよく見えない。でも、だいたいの様子は把握できる。

自動車の運転席からスーツ姿の男が降りてきた。男が後部座席のドアを開ける。後部座席から人が降りた。コートを着て、帽子を被《かぶ》っている。これまた男性のようだ。

帽子の男は館の玄関へと向かう。スーツの男は運転席に戻った。

自動車が発進し、車寄せから離れた。

玄関の扉が開いた。帽子の男が中に入ってゆく。

自動車はもと来た道を引き返すようだ。

「三人目が入りました、姉さん」

『そう。なら、始めなさい』

「了解」

　想星は暗視鏡をリュックサックにしまった。念のためにあらためて装備を確認する。衣類は防弾ベストを含めて黒一色だ。靴紐《くつひも》はしっかりと結ばれている。拳銃。ルガーLC9を二丁。予備の弾倉は九発入りの物が四つ。スタングレネードも一つ用意した。ナイフを二本。すべて揃《そろ》っている。

（問題なし――）

　深呼吸をする。息を吐ききる頃には集中できていた。

　想星は一歩一歩、足場を確かめて進んだ。目標の館はS県の名高い別荘地の奥に位置している。この一帯の山林は私有地だが、国有林に囲まれていて容易には立ち入れない。気温は零度近いだろう。虫は鳴かない季節だ。枯れ枝を踏み折った音が命取りになるかもしれない。

（命の残数《ライフカウント》は百十二。無駄に減らすわけにはいかない……）

　館の見取り図、護衛の配置は頭に入れている。あの館は三つの寝室を備えているが、古い造りで、そう広くもない二階建てだ。それでも、今夜のように特別な宴が催される際には十人以上の護衛が配備される。複数の警備システムもある。

「お願いします」

想星《そうせい》は館までおよそ五十メートルに達したところで姉に合図した。このイヤホンのマイクは、囁《ささや》き声より小さな声でも姉に届けてくれる。

『待って』

想星は足を止めて待機した。木々の向こうに館の玄関が見える。明かりがついているのはそこだけだ。館の中からは一筋の光も漏れていない。

姉の調査によれば、館を中心とする四十五メートル圏内に大型の熱源が侵入すると検知するシステムの他、赤外線センサーなどもあちこちに設置されている。回避するのはほぼ不可能だ。システムやセンサーのほうをどうにかするしかない。

「……姉さん？」

『待ちなさいと言っているでしょう。……どうも手間取っているようね』

想星の姉は情報収集こそ得意としているが、いわゆるハッカーではない。だから、必要に応じて口が堅い有能な専門家を雇って一仕事してもらう。

（僕が知ってるのはそこまでだけど。結局、そのあたりはぜんぶ姉さん任せだし。なんかハッカーってうさんくさいっていうか、あてにしていいものなのかなって、どうしても思っちゃうんだよな……）

『あと一分でいけると言っているわ』

「はい」

『あと――一分』

「……減ってないですよ？」

『あと九十秒』

「増えてるし……」

『私が知っている範囲では一番腕のいい、その道のエキスパートよ。彼女に無理なら、このセキュリティーを突破することはできないわ』

「がんばれって、その人に伝えてください」

『ふざけているの？』

「……まさか。ごめんなさい……」

『完了よ』

「了解」

想星はふたたび歩きだした。

（大丈夫なのかな……）

本当にシステムやセンサーが機能不全になっているのか。不安は正直ある。でも、信じるしかない。想星は物音を立てないことに注力した。センサーやシステムが正常に作動していない状態なら、何も起こらないはずだ。とりあえず今のところは大丈夫らしい。

想星《そうせい》は樹木に背を預けた。もうこの先に木はない。砂利が敷いてあって、その向こうに館が建っている。

砂利を踏む音がする。見回りだ。二人の護衛が館の周りを巡回している。そのうち一人の足音だろう。

想星はそっと顔を出して様子をうかがった。

来た。

（護衛《G》一人目《1》――）

黒っぽい迷彩服を着ている。高価そうなボディアーマーにヘッドセット付きのヘルメット。拳銃ではなく銃身の短いアサルトライフルを持っている。

（軍人上がりか、傭兵《ようへい》か……）

Ｇ１が装着しているヘッドセットは片目に拡張現実《AR》をシースルーで表示するタイプのデバイスだ。暗くて容貌はよくわからないが、かなり体格がいい。もしかしたら日本人ではないかもしれない。

想星は顔を引っこめた。足音で距離を測りながら待つ。Ｇ１の足音が近づいて、近づいて、近づいてきて、ついに遠ざかりはじめた。

（今――）

想星は木陰から出た。Ｇ１は想星に背を向けている。

猛然と襲いかかったりはしない。想星はG１の足の運びに合わせて砂利の上を歩いた。歩くペースはG１と同じで、歩幅はG１よりも広く。

（僕に命が一つしかなかったら、こんな芸当、とてもじゃないけどできないな。怖くて仕方ない……）

むろん、想星にも恐怖心はある。むしろ、もともとは人並み以上に怖がりだった。

（訓練で恐れを克服したって言えば聞こえはいいけど、実際は慣れただけっていうか。何回も死んでるうちに、耐性がついちゃっただけで――）

いずれにせよ、常人と違って死んでもあとがあるぶん冷静に、かつ大胆に行動できる。そこが想星の強みだ。

（身体能力も、それなりに鍛えてはいるけど常識的な範囲だし、頭の出来だって、せいぜい標準だろうし。結局、僕の強みって、そこだけなんだよね……）

やがて想星はG１に追いついた。G１が何か変だと思ったのか振り向こうとしたので、ぎりぎりのところだった。

（危ない、危ない）

左手でG１の顎を押さえて頭を仰向《あおむ》かせ、右手に持ったナイフで喉を一気にかっさばく。ちょうど声帯のあたりを切開した。G１はもう声を出すことができない。想星は暴れるG１の顔中にナイフを突き立てた。とりわけ両目を重点的に突き刺しまくった。

G1がぐったりした。まだ死んではいない。しかし、虫の息だ。

想星《そうせい》はG1を地面に横たわらせた。

「っ……っ……っ……」

切り開かれた喉がぱくぱく動いている。その動きに合わせて鮮血が溢《あふ》れる。想星はナイフについた血をG1の迷彩服で軽く拭った。そうこうしているうちに、想星の体の中心あたりで、とくん……という独特の音が響くような感覚があった。

(百十三)

顔面の筋肉が勝手に弛緩《しかん》した。

(……人を殺して笑うとか。異常者じゃないんだから。まあ、人殺しではあるけど——)

砂利なので足音を完全に消すことはできない。想星はG1の歩調を真似《まね》して館の外壁沿いに進んだ。この角を曲がれば館の裏手だ。少し顔を出してみた。

いた。

護衛二人目《G2》が向こうから歩いてくる。

(ここで待ち伏せるか)

できればG1のときのように背後から奇襲したいが、難しい。というか、無理だ。想星はG2を始末する方法を脳内でシミュレートしつつ待機した。G2の足音が迫ってくる。そろそろだ。想星は腰を落として片膝立ちに近い姿勢になった。

G2が角から出てきた。想星はかち上げるようにして左手でG2の顎を掴《つか》み、刃を寝かせた右手のナイフで喉を突いた。そのままの勢いで掻《か》き切って、G2を押し倒した。

「っ、っっ……！」

G2は発砲しようとした。発砲されると銃声だの何だので色々面倒だ。まずはアサルトライフルを取り上げた。あとは息の根が止まるまで押さえこむだけでいい。

「……っ……っ…………っ……——」

お馴染《なじ》みの、とくん……という音が体の奥底で響く。

(百十四)

今度は笑わなかった。想星は立ち上がって一息ついた。

「二人片づけました」

『えらく時間がかかったわね。急ぎなさい』

想星は返事をしないでその場をあとにした。小走りに館の正面へと向かう。

『正面玄関の電子錠も解除済みよ』

やはり答えずに扉を開けると、吹き抜けの玄関ホールに黒スーツの護衛が二人いた。G3は金髪で長身、G4は中年の日本人だ。反応はG4のほうが早かった。銃を抜いて構えようとする。想星はG4に突進し、右手首を左手で握り止めて喉にナイフをぶちこんだ。

「——ごぉっ、うぁおっ……！」

Ｇ４は致命傷を負いながらも引き金を引いた。二発、三発と、扉や壁に弾丸が当たる。金髪のＧ３が英語で何か叫んで拳銃を向けてきた。所作からして荒っぽく激昂《げきこう》しやすい男のようだ。撃ってくる。想星《そうせい》はＧ４を盾にしてＧ３の銃撃を防いだ。

「ぁあっ！　くぁっ……」

撃たれるたびに呻《うめ》く気の毒なＧ４ごと、Ｇ３に体当たりする。想星はＧ４が取り落としかけていた拳銃を左手で強引に奪った。Ｇ３の体に銃口を押しあてて引き金を引く。Ｇ３はフ×ックとか何とか喚《わめ》いていたが、全弾叩《たた》きこんだらおとなしくなった。想星は瀕死《ひんし》の護衛二人をそのへんに転がし、ナイフでとどめを刺した。

（百十五、百十六――）

血みどろのナイフを床にぶっ刺してルガーＬＣ９を抜いた途端、一段と騒がしくなった。この吹き抜けの玄関ホールからは、廊下が延びている他、階段で二階に通じている。応接間への扉もある。まず五人目の護衛《Ｇ５》が階段の上から撃ってきた。想星は回避より応射を選んだ。おそらく敵は多方面から押し寄せてくる。避《よ》けてもきりがない。じり貧だ。

「うっ……」

左肩に被弾してしまったが、想星は三発撃ってＧ５の鼻面に鉛玉を浴びせてやった。Ｇ５が野太い悲鳴を上げてのけぞる。左手に力を入れてみた。なんとか動かせる。

（掠《かす》っただけだ、大丈夫――）

でもなさそうだ。

応接間から護衛が二人出てきた。G6とG7。黒スーツではない。迷彩服だ。屋内だからか、二人ともアサルトライフルではなく拳銃を構えている。

（やばい）

そう思った瞬間、想星は数発食らって意識が消し飛んだ。

（——……くそ、マイナス1で、百十五……）

生き返ると、想星は目をつぶって床に倒れていた。拳銃は手の中にある。かろうじてだ。指に引っかかっている。

「レディー・エルにお伝えしろ！」

護衛たちが叫んでいる。

「侵入者一名、排除完了！　指示を仰げ！」

「なんで館まで入りこまれた⁉　セキュリティーは⁉」

「ハックされてるらしい！　こいつ一人とは思えないな……」

「アルファチームはやられたのか⁉　ブラボーチーム、外を捜索しろ！」

「了解《Copy that》！」

（ブラボーチーム――迷彩服のやつらか。二人、外に出る……）

玄関ホールには、外に出てゆこうとしているブラボーチームのG6とG7以外にも、二人か三人いるようだ。想星《そうせい》の近くに一人立っている。このG8がブラボーチームに指示を飛ばした。あとは位置がよくわからない。

想星は薄目を開けた。頭を動かさないで、可能な限り周囲を視認する。G9は廊下のほうにいる。もう一人いそうだ。G10。二階か。

「おい。――おい！」

G10は階段の上にいる。想星に顔部を撃たれたG5を介抱しているのだろう。

（三人か。残弾は七。一気にしとめる。……これ以上、死んでたまるか）

ブラボーチームが外に出て扉を閉めた。

想星はルガーLC9の銃把を右手でしっかりと握った。右腕を持ち上げ、銃を持つ右手に左手を添える。すぐそばにいるG8の顎と首の合間あたりを狙って発砲した。立て続けに二発撃ちこんだ。

「がっ……」

G8はよろめいて撃たれたところを左手で押さえた。想星は跳び起きざまにG8の右手から拳銃を蹴り飛ばす。廊下のほうにいるG9に照準を定めて引き金を引いた。G9は身をよじって壁際に逃れた。外したか。

「あぁ⁉　生きて……⁉」

G9が撃ってくる。

「この野郎……！」

階段上のG10も想星を狙い撃ちしてきた。雨霰《あめあられ》だ。想星は応接間のほうへ駆けた。

『派手にやっているわね』

イヤホン越しに姉の愉《たの》しげな声が聞こえた。

（いちいち嫌みなんだよ……！）

体のあちこちに強烈に殴打されたような衝撃を感じながら、想星は応接間のドアを開けて中に転がりこんだ。ドアを閉め、伏せる。頭上で銃弾が次々とドアを貫通した。

（──どこを撃たれた……⁉　右脚と、左腕？　でも、動かないわけじゃない……）

銃撃が止《や》んだ。

想星は身を起こしてドアのほうに体を向けた。銃を構える。

ドアの向こうにG9かG10がいる。二人のうちのいずれかが、ドアに歩み寄ってノブを掴《つか》んだ。ドアノブが微《かす》かな音を立てる。それと同時に想星は引き金を引いた。残りの四発をぜんぶ撃ちきった。

「うぁっ」

というような男の声が銃声に混じって聞こえた。どうやら当たったらしい。

想星《そうせい》は弾倉を交換してドアを開けた。目と鼻の先にうずくまっていたG9を撃って、階段を下りてこようとしていたG10にも銃弾をお見舞いした。まだ死んでいないG8、G9、G10、そして階段の上で息絶えかけていたG5にとどめを刺すと、弾が切れた。

(よし、プラス4で、百十九――)

右脚がとりわけ痛い。銃創は腿《もも》だ。出血はそれほどでもない。左腕は力を入れると痛むが、どうにか大丈夫そうだ。

階段の下り口にしゃがんで弾倉を交換していると、玄関の扉が開いた。ブラボーチームが異変を察知して引き返してきたのだろう。想星は扉に向かって銃をぶっ放した。迷彩服姿のG6とG7はボディアーマーにヘルメットまでつけているので、何発食らっても果敢に撃ち返してきた。

途中で弾倉が空になり、想星はもう一丁のルガーLC9を抜いて撃った。その銃も弾切れになる頃には、G6もG7も応戦できなくなって床に崩れ落ちていた。

いつ被弾したのか。右目に血が入って見えない。傷は頭のどのあたりだろう。想星は拳銃二丁の弾倉を交換した。これで予備の弾倉はもうない。一丁はホルスターに収納し、一丁だけ持って階段を下りようとしたら、ひどくふらついた。何やら吐き気もする。

『想星?』

「……はい。僕は平気です」

『そんなことは訊《き》いてないわ』

「順調なんで……」

想星は階段を下りて、戸口でくたばりかけていたブラボーチームのG6とG7をナイフできっちりと殺しきった。とくん……とくん……と体の中であの音が鳴る。

（ひゃく……百二十一……）

『一度死んでおいたら？』

姉がせせら笑う。

「……他人事《ひとごと》だと思って……」

『何か言ったかしら？』

「いえ、何も……」

確かめてみると、防弾ベストに四発も弾を受けていた。呼吸が乱れている。息を吸うのも吐くのも一苦労だ。血がやばい。手で拭っても拭っても右目に流れこんでくる。

（……死なないぞ。無駄遣いは……しない。命が……もったいない……）

気合いを入れて廊下へ向かう。

（広い館じゃない……二階は寝室と、浴室……宴の、会場は……食堂……一階の……）

一瞬、意識が遠のきかけて、廊下の壁にもたれかかってしまった。

「――しっかり……しろっ！」

『あらあら』

姉が喉を鳴らして笑っている。

（……姉さんじゃなきゃ、ぶっ飛ばしてるところだ……）

想星《そうせい》は壁に左手をついて体を支えながら廊下を進んだ。突き当たりにドアがある。

（護衛……もういないのか……？　何人、殺したっけ……）

思いだせない。

想星はドアを開けた。

居間と一続きになっている食堂は、この館で一番大きい部屋だ。ゴシック様式というのか。それともビクトリアン様式だろうか。たくさんのシャンデリアが吊《つる》されていて、カーテンは黒いビロードか何かだ。臙脂色《えんじいろ》の壁には額入りの絵や鏡、機械仕掛けの時計などが所狭しと飾られている。飾り棚やら、革張りの長椅子《ソファー》や寝椅子《カウチ》やらは、いかにも荘重だ。カウチに真っ白いドレスを着た金髪碧眼《へきがん》の女性が腰かけ、フランスかどこかの映画女優めいた美貌にモナリザのような微笑をたたえている。

「んんー！　んんんー……！」

声にならない声を発したのはカウチの美女ではない。この部屋の中央には異様な物が据え置かれている。それは石なのか。岩を削って造られたとおぼしき台だ。形状は椅子というか診察台に近い。背もたれがあって肘掛けのような部分もあり、脚まで載せられる。

「──んんー！　んんっ！　んんんんーっ……！」

一人の女性がその台に座らされている。猿轡《さるぐつわ》を噛《か》まされているが、下着すらつけていない。全裸だ。なぜうら若い女性が素っ裸で変な石台に座っているのか。自ら望んでそうしているわけではないだろう。彼女は金具と鎖で台に固定され、拘束されている。あれでは手足を自由に動かすことはできない。身をよじるのがやっとだろう。

「レ、レディー・エル……」

男の声がした。部屋の隅っこで三人の男がハムスターみたいに身を寄せあっている。彼らが今宵《こよい》の宴《うたげ》に招かれた客だ。引退が噂《うわさ》される与党の大物政治家と、誰もが知る超有名大企業の会長、彼らよりはずっと若年でまだ四十代の起業家。三人とも見るからに怯《おび》えきっている。カウチの美女に呼びかけたのは一番若い起業家らしい。

レディー・エル。

真紅の貴婦人。

カウチの美女はまばたきもせずに想星を見つめている。一種の恐れを抱かせるほど妖艶だ。しかし、呼吸の証拠すら見いだせないほど微動だにしない。人間にしては非現実的なまでに美しすぎる。作り物なのではないか。あれは真紅の貴婦人と題された芸術品、精巧な人形なのかもしれない。

（今、化けの皮を、剥いでやる……）

想星《そうせい》は拳銃を両手で握ってレディー・エルの眉間に照準を合わせた。

男たちが口々に何か叫んだ。

レディー・エルは依然として動かない。

想星は引き金を引いた。

ワルサーLC9が火を噴いてけたたましく鳴いた。銃弾はレディー・エルの白く艶《つや》やかな額に命中した。衝撃でレディー・エルの頭部が後方にがくんと倒れた。

「ああ、レディー……！」

男たちが醜悪な叫声を上げた。

想星は三人のうちの一人、大物政治家に銃口を向けた。彼らの抹殺は仕事に含まれていないが、目撃者は葬り去らねばならない。どうせ真紅の貴婦人の宴《うたげ》に参加していたことなど公表できるわけもないのだ。ここで殺害されたことは隠蔽される。病気か何かで急逝したことになるだろう。

（予定どおり、全員始末――）

引き金を引こうとしたら、レディー・エルが消えた。

「っ……!?」

動いた。移動したのか。どうやって？　どこに？

横か。右だ。レディー・エルが想星の真横に立っている。

微笑は変わらない。でも、額に穴があいている。銃創だ。そこから血が流れて彼女の類《たぐ》い稀《まれ》な美貌を、そして真っ白かったドレスを赤く汚している。

「野暮《やぼ》な子ね」

レディー・エルは流暢《りゅうちょう》な日本語でそう言いながら、額の銃創に右手の人差し指と親指を突っこんだ。

想星はレディー・エルを撃とうとした。そのときにはもう、レディー・エルは銃創の奥から銃弾をつまみ出していた。それだけではない。レディー・エルはデコピンの要領で銃弾を人差し指と親指で弾《はじ》き出した。想星は見た。一瞬、貴婦人の右腕が気味が悪いほど筋張った。その瞬間、腕全体が一回り太くなったかのようですらあった。

「あっ――」

レディー・エルがデコピンで射出した銃弾は想星の右目をとらえた。それでも想星は、恐るべき真紅の貴婦人めがけて発砲しようとした。

できなかった。何が起こったのか。レディー・エルに何をされたのか。想星にはわからなかった。気がついたら、壁に叩《たた》きつけられていた。腕を引《ひ》っ掴《つか》まれて放り投げられたのかもしれない。意識が飛んだ。

(――……死んだ……のか……？)

どうだろう。また命を失ってしまったのか。

（いや……）

死んではいない。生きている。死ななかったようだ。想星《そうせい》は床に横たわっている。ただ、右腕の感覚がまったくないし、右目はもちろん見えない。

（……ぼろぼろ……じゃないか……）

今の想星と比べたら、ボロ雑巾のほうが拭き掃除に使えるだけマシだろう。

「やれやれ、とんだ邪魔が入ったものだ」

「まだ子供のようでもあるが、何者なのか……」

「見た目に騙《だま》されちゃいかんぞ。組織に雇われた殺し屋に違いない」

男たちが話している。聴覚はまだちゃんと働いているが、視覚のほうはだいぶ怪しい。

「組織というと、全人会《ぜんじんかい》とやらですか？」

「あるいは、ＣＯＡかもしれんな。機関ではないはずだ」

「実在するんですね。噂《うわさ》を聞いたことしかないもので――」

「きみはまだ若いからな」

「宴《うたげ》のほうはどうします、レディー・エル？」

大企業の会長が尋ねると、真紅の貴婦人が訊《き》き返した。

「延期を望まれますか、殿方《ジェントルメン》たち？　今宵《こよい》、ご用意した極上の贄《にえ》と同等の娘を――となると、いくらか時間が必要です」

「んんっ、んんんっ、んんーっ！」

裸の娘が呻《うめ》いて暴れている。いや、緊縛されているせいで、彼女は暴れたくても暴れることができない。

「たしかに……」

大物政治家が舌舐《したな》めずりする。想星は死んだふりをしたまま左目を薄く開け、ぼんやりとではあるものの、その様子を見ることができた。大物政治家は屈《かが》んで台に縛りつけられている裸の娘に鼻を寄せ、匂いを嗅いでいるようだ。

「おお……生命の危険のような大きすぎるストレスにさらされると、たいていの人間はとてつもない悪臭を放つものだが、なんともこれは――」

大企業の会長も、大物政治家の隣で同じようなことをしはじめた。

「かぐわしい……さながら芳醇《ほうじゅん》なワイン……いや、もっとフレッシュな……」

「んんんっ、んんっ、んんんーっ……」

きっと裸の娘は「やめて」だの「助けて」だのと叫んでいるのだろう。多少なりとも後ろめたいのか、起業家は裸の娘に近づこうとしない。

「聞くところによると、贄には宴に向けて特別な処置を施しているとか……？」

「ええ」

レディー・エルが裸の娘の頬《ほお》を指先でそっと撫《な》でながら、艶然と笑う。

「この贄《にえ》には十月《とつき》の間、数種のよく熟した果実だけを食べさせました。健康を維持するため、必要な栄養分は点滴で投与しております」

「すごい……」

　起業家は喉を鳴らして生唾をのみこんだ。

「まるで桃娘《トウニャン》だな。桃だけ食わせた少女の体液を、不老長寿の薬にするとかいう。あれは都市伝説にすぎないらしいが、これは……」

「ああ、辛抱たまらん！」

　大物政治家が娘の腕に鼻面をこすりつける。レディー・エルが笑い声を立てた。

「血の味わいは香りの比ではないことをお約束しますわ、殿方《ジェントルメン》たち。ご異存がなければ、宴《うたげ》を始めるといたしましょう」

「んんんんっ！　んんんっ！　んんんんんんっ……！」

　裸の娘がおぞましい未来を予期して一際大きな唸《うな》り声《ごえ》を発した。男たちが一斉に膝をついて頭上で両手を組み合わせたのと、レディー・エルが裸の娘の首に両手を添えたのと、果たしてどちらが早かっただろう。

　爪か。レディー・エルの両手指の爪が娘の皮膚を切り破ったのだろうか。何にせよ、皮膚だけではない。皮膚から肉、そして血管、それも静脈だけではなく動脈、頸動脈《けいどうみやく》まで瞬時に切り裂かれ、心臓から送りだされたばかりの血液が噴出した。

部屋に血の雨が降った。

娘の血潮は熱かった。さながら真っ赤な熱湯だ。熱い血の雨が部屋中を赤く曇らせ、すさまじく濃密な甘ったるい香りを撒《ま》き散《ち》らした。

背徳の雨、非道のシャワーを頭から浴び、レディー・エルは静かに恍惚《こうこつ》と、三人の男たちは激しく身震いして、それぞれ狂喜している。

想星《そうせい》もいくらかはその血を浴びる羽目になった。砂糖水のように甘い血を。嫌悪感と罪悪感がこみ上げてくる。同時に、とてもじっとしていられないような衝動を感じた。想星が瀕死《ひんし》でなければ、もっと昂《たか》ぶっていただろう。奇声を上げて胸を掻《か》きむしる大物政治家や、自分の股間を乱暴にまさぐっている大企業の会長、馬鹿みたいに腰を振りつづける起業家と似たり寄ったりの狂態を演じていたかもしれない。

（……なんて……血なんだ……興奮剤……催淫剤なのか……麻薬みたいな……）

レディー・エルは天井を仰いで目をつぶっている。口を開け、血を飲んでいるのか。想星は今なら立ち上がれそうな気がした。ひょっとして、この血のせいなのか。

（真紅の貴婦人――）

手にしていた拳銃はどこかにいってしまったが、もう一丁身につけている。右腕は何箇所か骨折し、腱《けん》などもぐちゃぐちゃになっているようだ。まるで使い物にならない。想星は左手でホルスターからワルサーＬＣ９を抜きながら、反動をつけて跳び起きた。

レディー・エルは娘の血を浴びて飲むことに心を奪われている。そのはずだった。

「――っっ……」

折れるというか、砕ける音がした。想星《そうせい》自身の左手だった。手首だ。レディー・エルが想星の左手首を握り締めている。いつの間に肉薄されたのだろう。見えなかった。五メートルかそこらの距離が一瞬でゼロになった。どうやって。

左手首だけではない。レディー・エルは右手で想星の左手首を握り砕きつつ、左手で想星の右肩をがっちりと掴《つか》んでいた。

「実を言うと――」

真紅の貴婦人が歯を剥《む》いて笑う。その犬歯は牙のように鋭く長く発達している。この女がいかにして名を広め、ある種の影響力を持つに至ったのか。ずいぶん前に首相を短期間務めた政治家の愛人だったとか、高名な宗教家の弟子として頭角を現したとか、もとは占い師のたぐいだったとか、諸説ある。とにかく、いつの頃からかレディー・エルは金持ちや権力者を招いて宴《うたげ》を催すようになっていた。

「わたくしはあなたのような男の子のほうが好みなのよ」

首の左側がごっそりと削りとられた。想星はそう感じた。実際は違う。噛《か》まれたのだ。レディー・エルが想星の首に噛みついた。血管がぶつっと切れて、勢いよく血が出てゆく。というか、吸われている。とてつもない吸引力だ。ぎゅるるると血を吸われている。

「ふぁぁ……ぁあぁっ……」

想星の口から世にも情けない声がこぼれる。

「あぁ。いいわぁ、あなた――」

甘美な声をもらしながら、レディー・エルが吸っている。下品な、猥雑《わいざつ》な、淫靡《いんび》な音を立てて、想星の血を吸い上げている。

「美味《おい》しい血。すごいわぁ。ねえ、あなた。我慢できない――」

想星は目を閉じた。体に力が入らない。なぜ想星は倒れてしまわないのか。レディー・エルに支えられているからだ。想星は彼女に抱きすくめられ、血を吸われている。いや、この行為は、吸う、などという生やさしい言葉で表現すべきではない。真紅の貴婦人は蛇口に直接口をつけて水を飲むように、想星の血をがぶ飲みしている。

(……何だこれ……やばい……死ぬ……でも……気持ちいぃ……――)

そのまま想星は死んだらしい。

(マイナス1……百二十か。くっそ……それにしても――)

様々な死に方をしてきたが、間違いなく三本の指に入るほど悪くなかった。そのせいか、生き返ったのに起き上がる気になれない。

レディー・エルと三人の客は何をしているのか。ずずずっ、ちゅうちゅう、ぴちゃぴちゃと、液体を啜《すす》っているような音がする。

「いやあ、甘露、甘露……」

「うまいなあ。うまいなあ……」

「生命そのものの味ですよ、こいつは……」

想星《そうせい》は目をつぶっているので見えないが、あの三人は恥も外聞もなく血を舐《な》めているのかもしれない。裸形《らぎょう》の娘はどうやら息絶えているか、死にかけているか、気絶しているようだ。いい年をした男たちが、血に濡《ぬ》れた娘の体中を舐め回している。

『――想星?』

イヤホン越しに姉が囁《ささや》いた。想星は返事をしなかった。姉も察してくれたようだ。それ以上、何も言ってこない。

「適切に管理された乙女の新鮮な血液は、遺伝子を修復し、細胞を活性化させます」

レディー・エルが忍び笑いをした。そう離れていない。たぶん二メートル以内にいる。

「霊妙なる回春と強壮の副産物としてもたらされる快楽を、ゆっくり、とくとお楽しみくださいませ、殿方《ジェントルメン》たち」

想星は激烈に揺れ動く感情のスイッチを意識的に切った。

(反吐《へど》が出る連中だけど、仕事に私情を持ちこんでもいいことはない――)

やるべきことを淡々とやる。それだけでいい。想星は目を開け、拳銃を捜した。一丁は一メートルほど離れたところにある。もう一丁はかなり遠い。

想星はリュックサックの中からスタングレネードを取りだした。安全装置を解除してピンを抜こうとしたら、レディー・エルがこちらを向いた。想星はかまわずピンを抜いてスタングレネードを軽く放った。両耳をふさいで目をつぶる。スタングレネードは殺傷能力こそ皆無に近いが、すさまじい爆音と閃光《せんこう》を放つ。

想星は破壊的な音と光をやりすごすと、近いほうの拳銃に飛びついた。客どもには目もくれない。標的はあくまでもレディー・エルだ。真紅の貴婦人。彼女は決まって夜に宴《うたげ》を開く。昼日中に彼女の姿を見た者は一人もいないという。

「ああ、まだ生きているのね、あなた……！」

ゆえに、まことしやかにこう語られている。

彼女こそ本物の吸血鬼《ヴァンパイア》に違いない、と。

躍りかかってくるレディー・エルは、例の牙みたいな犬歯を剥き出《むきだ》し、スタングレネードで眩《くら》んでいるはずの両目を見開いていた。どういうわけか、彼女の双眸《そうぼう》は赤々と輝いている。髪も、肌も、白かったドレスも血に染まり、まさしく真紅の貴婦人と言いたいところだが、どうだろう。獲物に食らいつこうとしている彼女は、全身が肥大しきった筋肉のかたまりだ。貴婦人とは呼びづらい。

レディー・エルは両腕で想星《そうせい》を抱きしめた。

「――ぐっ……」

なんて力だ。体が壊れてしまう。

想星の華奢《きやしや》な肉体が粉々になる前に、レディー・エルはかぶりついてくる。首だ。首の左側面に噛《か》みついて、その犬歯を動脈に食いこませ、血を飲もうとするだろう。というか、もう飲んでいる。とんでもない吸引力だ。おそらく想星は十秒と保《も》たない。間もなく想星は失血死する。

(とりあえずこの方法しか――)

想星は右手で持っていた拳銃の銃口を、どうにかこうにかレディー・エルの左脇腹の上のほうに押しつけた。銃口がいい具合に肋骨《ろつこつ》と肋骨の間に収まってくれたので、すぐさま引き金を引いた。ありったけの弾丸を叩《たた》きこんでやった。

「ンアッ。アァッ。ヒァッ。イヤアェッ……!?」

銃弾を撃ちこまれるたびに、レディー・エルはびくんびくん震えた。とうとう想星を突き放して尻餅をついた。

想星も床に倒れこんだ。かなり血を吸われてしまったし、立てるかどうか。

「ヒィイッ……アィイイッ……ヤァァアァアァッ……」

レディー・エルは横座りの姿勢で、自分の首元や胸のあたりを引《ひ》っ掻《か》き回《まわ》している。

（……賭けではあったけど――）

ひょっとしたら、レディー・エルは本当にあの吸血鬼なのかもしれない。だとしたら、心臓に杭《くい》を打ちこめば滅ぼせる。べつにそう考えたわけではない。

どのようなチートを備えているにせよ、真紅の貴婦人といえども生き物だ。まっとうな人間ではないとしても、基本的には動物だろう。動物であれば、脳と心臓が急所のはずだ。それで想星は手始めに頭を撃った。効かなかったから、次は心臓に狙いを定めた。心臓でだめなら、また違う手を試すだけだ。想星は失敗してもやり直せる。

（……やり直したくはないよ？　僕の命だって、無限じゃない……死ねば減る……）

「Segíts, apa...!!」

レディー・エルが絶叫した。異国の言葉なのか。彼女は助けを求めたのかもしれない。神か、それとも親にでもすがったのか。

彼女の両目から、口から、鼻の穴や耳の穴からも、ごぼごぼと血が湧きだした。彼女の血は赤かった。あまりにも赤い。ぶくぶく泡立ってもいる。沸騰しているかのようだ。実際、湯気が上がっている。その蒸気までも赤い。

彼女の体内で血液が煮えたぎっている。いつ臨界点を突破するだろう。それまで黙って待っていればいい。

（……万が一も、ある……。本当に？）

想星《そうせい》は力を振りしぼって身を起こした。

（……まだ、終わったわけじゃ……ない……）

おぼつかない指を動かして、どうにかこうにかナイフを抜く。逆手に握った。そのときだった。

彼女が破裂した。

なかなかの大爆発だった。膨大な肉片や体液が部屋中に飛散して、想星もそれらを浴びた。浴びまくった。火傷《やけど》しそうなほど熱かった。

「おおぁっ!?」

「な、何が――」

「レディィーッ……!?」

男たちはまだスタングレネードの影響で目がよく見えないらしい。そこらを這《は》い回《まわ》っている。

想星も這うことしかできなかった。匍匐《ほふく》前進してもう一丁の拳銃を掴《つか》み、大物政治家、大企業の会長、起業家の順で撃ち殺した。

「……姉さん」

『ええ』

「終わり……ました……」

姉はイヤホンの向こうでため息をついた。きっと呆《あき》れている。息も絶え絶えの状態で、小言を聞かされるのはごめんだ。想星は銃口を口の中に突っこんだ。

（プラス４――からの、マイナス１……）

引き金を引く。

（もったいない……――）

Ø2　波のようにきみはまるで

高良《たから》縊想星《いそうせい》はどこにでもいる普通の高校生になりたかった。

（——まあ、一口に普通って言っても、なんかこう……）

朝一の校舎内はえらく静かだ。音という概念が存在しない異空間のように、しんとしている。

二年二組の教室を前にして、想星の足が止まった。

（よく考えたら、普通って何なんだろ。普通。……普通？　普通は普通か。普通。ううん、地味にけっこう難しい……）

想星は軽く咳払《せきばら》いをした。一つ息をつく。目をつぶり、瞼《まぶた》を指で揉《も》んだ。もう一度、息を吐いた。

かっと両目を見開き、戸を開ける。想星はとうとう教室に足を踏み入れた。

（いた……）

窓際の一番後ろの席で、彼女が頬杖《ほおづえ》をつき、窓の外を見やっている。いつもどおりだ。いつものとおり、手袋をつけてタイツを穿《は》いている。今日も彼女は誰よりも早く学校に来て、放課後、みんな帰ってしまっても教室に居残るのだろう。

想星は十秒間ほど戸口に立ち尽くしていた。

（僕に気づいてない――ってことはない……よね？）

それなのに、彼女はまったくの無反応だ。

（微妙に、敗北感が……いや、勝ち負けとかじゃないわけだけど……）

想星は自分の席についた。椅子に座ってから、「ぁー……」と小さな声を出してみたり、空咳《からせき》をしてみたり、深呼吸をしてみたりしたが、やはり彼女は微動だにしない。

「あのぉ……」

埒《らち》が明かない。想星は意を決して挨拶することにした。

「おはよう、羊本《ひつじもと》さん……」

声が尻すぼみになってしまった。そうはいっても、聞こえなかったということはないだろう。ちゃんと聞こえているはずなのに、羊本くちなはぴくりともしない。

（えぇぇ？　無視ぃ……？　嘘《うそ》ぉ？　あれだけ色々あって、無視は――ない、よね？　いや、ないわぁ。ない、ない。それはないって。無視するっていうのは、何だろ、うん、流れ的に？　さすがに無理がある……ような。普通に考えたら。普通に……）

想星は胃の付近をさすった。

（いわゆる普通が通用するのか――っていう。そもそも、羊本さんは普通じゃないし。僕だってひとのことは言えないけどさ。羊本さんは、僕の比じゃないっていうか……）

「おはよう」

という声が返ってきたとき、想星《そうせい》は下を向いて自分の机を凝視していた。

「えっ⁉」

慌てて羊本《ひつじもと》に視線を戻す。羊本は依然として例の姿勢を崩していない。頬杖《ほおづえ》をついて、外を見ている。

(……今の——空耳? 幻聴だった……のか? いやいやいや? 聞こえたって。聞こえた……と思うけど、確信を持って断言できるかっていうと……)

迷ったあげく、想星はそれとなく席を立って窓辺に歩み寄った。なにげないふうを装って窓の外を眺める。その後、たまたまそうなったという感じで羊本のほうを見た。

「おっはよう!」

想星としては、できるだけ明るい調子を心がけたつもりだ。その結果、妙に元気一杯な挨拶になってしまった。

(……おっはって何だよ、おっはようって。恥ずっ……)

顔から火が出そうだ。挫《くじ》けそうになりながらも、想星は羊本から目をそらさなかった。

沈黙は二十八秒間も続いた。

「おはよう」

紛《まぎ》れもなく羊本の声だった。しかし、相変わらず羊本は窓の外に目を向けたままだ。

（しっかり、返してくれた……わけだし――）

満足すべきなのか。

（不満はない――けど……）

どうしていいかわからず、想星はまた心の中で数を数えはじめた。

二十九まで数えたところで、羊本が椅子から立ち上がった。教室の出入口に向かって歩いてゆく。

「えぇっ……」

想星は目を疑った。

「ひひっ、羊本さん⁉　どどっ、どこに……」

羊本が立ち止まった。

そして、振り返りはしたが、一瞬だった。ほんの一瞬で、想星に宿る百二十三人分の命を撫《な》で斬《ぎ》りするような視線の鋭さだった。

「言う必要があるとは思えない」

「あっ……必要――は、まあ、そう……だけど、それは……あぁ……そう……です、よね。たしかに……」

羊本は教室から出ていってしまった。

（……ええええええええ……）

想星《そうせい》はしゃがみこんで頭を抱えた。

「何なんだよ、いったい……」

動けない。

呼吸を維持するだけでやっとだ。

想星は深手を負った野生動物のように自然治癒するのを待つしかなかった。

(きっと、いつかまた立ち上がれるよ……とりあえず、そう信じるしか……)

そのうち誰かが教室に入ってきた。

(ひっ——)

もしや、羊本《ひつじもと》が戻ってきたのか。

違った。

「うーっす」

ワックーこと枠谷光一郎《わくやこういちろう》だった。

「早いね、高良縊《たからい》。俺も今日は早めだけど。……てか、どうしたの?」

「いやっ……」

想星は慌てて蛙跳《かえると》びのような要領で立った。

「な、何でもないよ。うん。ははは……へへ……うん……何でも……」

明らかに挙動不審だという自覚はあった。げんにワックーが怪訝《けげん》そうにしている。

「チョ、チョイーッ！」

想星は思いきって敬礼のような仕種《しぐさ》をした。ものすごく大きな声が出た。いくらなんでも大きすぎたし、唐突すぎた。

「……お、おう」

ワックーは見るからに鼻白んでいた。

「チョ、チョイー」

それでも控えめに敬礼的な仕種を返してくれたが、朝っぱらから過去最悪、最大級に気まずかった。

†

なかなか消えてくれないタマネギの後味のような気まずさを引きずったまま中休みにトイレで手を洗っていると、鏡に林雪定《はやしゆきさだ》が映りこんだ。

「手、洗いすぎじゃない？」

「うぇえっ⁉」

想星は自分の両手と鏡に映る雪定の顔を交互に何度も見た。

「あぁっ、そ、そうかな、洗いすぎかな？　そっか。あぁ、うん、そうかも……」

蛇口を閉めて、いそいそとハンカチで手を拭く。雪定《ゆきさだ》の言うとおり、ずいぶん長い間、両手を真水にさらしていたようだ。きんきんに冷えている。

「や、ちょっと、そうだね、何だろ、うん、ぼーっとしてて、なんかね……」

雪定と連れだってトイレから出ると、想星《そうせい》は自分の足どりがやけに鈍いことに気づいた。歩くのはわりと速いほうなのに、どうしてかのろのろしている。

「何かあった?」

雪定に訊《き》かれた途端、想星は思わずうなずいてしまった。

「うん……」

あっさり認めたことに、我ながら驚いた。雪定はそよ風のようにふっと笑った。

「よければ話してよ」

結局、廊下で立ち話する恰好《かっこう》になった。想星は雪定とはよくしゃべる。それにしても、こうした形式の会話はあまり例がない。ことによると初めてかもしれない。

「ええ……と、そうだ、塾——塾? うん……塾で、たまたま……席が、隣になったか何かで。それまで口をきいたことがなかった人と、ひょんなことから話すようになってさ。あ、これは、僕の話じゃなくて——」

「想星じゃない、他の誰かの話なんだね」

「そうそう。それでね、仲よくなったかな、もう友だちかな、みたいな……?」

「それなりの関係性ができた感じ？」

「うん。でさ、何だっけ、塾……そう、ある日、塾に行ったら、その席が隣の人に、いきなりなんか……つれない態度っていうか、たとえば、無視されるみたいな……」

「原因になるような出来事があったわけでもなく？」

「まあ、ないと思うんだけど」

「何かしちゃったような心当たりは？」

「ない……かな？　や、僕の話じゃないから、正確なことは言えないけど」

「人の気持ちって」

雪定《ゆきさだ》は少し目を伏せて言った。

「当人以外には、なかなかわからないものだよね。自分自身のことだって、よく理解できてなかったりするし」

「ああ……だね。それは……うん、たしかに」

「サスペンスとかでさ。ドラマとか、映画とか。小説でもいいけど」

「ドラマ？　え？　映画……？」

「よく刑事とか探偵が、犯人が人を殺した動機を探ったりするだろ」

「する、けど……微妙に話、飛んでない？」

「あくまで、たとえ話だよ」

雪定は想星《そうせい》と目を合わせて笑ってみせた。

「……たとえ話、か」

想星もちょっとだけ笑った。

「そっか。そうだよね。動機か。動機ね。ようするに……なんでそんなことしたのか、自分がやったことでも、はっきりしなかったりするってこと？」

「はっきりしてることもあるだろうけど」

雪定はかすかに肩をすくめた。

「たとえば殺し屋なら、仕事として、お金のために殺すわけだし」

「……たとえば、殺し屋なら、ね」

「理由が物質的なものなら、明確なのかも。だけど、精神的なことだったら、こみ入っててもおかしくないんじゃない？」

「精神的な……」

「かっとなって、みたいな、激情に駆られた犯行とかだと、また別かな」

雪定は腕組みをして首をひねった。

「おれはそんなに腹が立つほうじゃないから、ぴんとこないけどね」

「あぁ、まあ、そのへんは僕も……」

想星は顔をさわって、咳払《せきばら》いをした。

「僕の話じゃない……よ？」

「わかってる」

雪定《ゆきさだ》はさらりと答えた。

（……なんか、見抜かれてるような……）

ため息が出た。

（わかるようでわからないもんな。人の気持ちなんて。わかるようでっていうか、ぜんぜんわからない。羊本《ひつじもと》さんの気持ちは、とくに――）

†

その後も羊本の様子は変わらなかった。

昼休みになって、エナジーバーとサラダチキンの昼食を手早くすませると、想星《そうせい》はなんとなく居心地の悪い教室を抜けだした。

といっても、行き場があるわけでもない。仕方なく渡り廊下で所在なくぼんやりしていたら、視界の隅で誰かが手を振った。

（……僕に？　じゃないよね……？）

そっちに目をやると、一人の女子生徒が紛《まぎ》れもなく想星に向かって手を振っていた。

「やほー、想星」

「っ……」

想星は反応に困って、思わず笑顔としかめ面を合成したような表情を作りだしてしまった。白森明日美《しらもりあすみ》はそれを見てころころ笑い、彼女に連れられたモエナこと茂江陽菜《しげえひな》までちょっとだけ噴き出す有様だった。

おそらく二人はたまたま通りかかっただけなのだろう。そのわりには想星のそばで足を止めて、立ち去る気配がない。

「……あぁ、ええ、と、体育館に何か用事でも？」

黙っているのも何なので尋ねてみたら、白森はまた笑った。

「それ、わりとこっちの台詞《せりふ》。想星は？　ここで何してるの？」

「や、べつに……」

「あたしらも、べつに、かなぁ。ね、モエナ？」

白森が同意を求めると、モエナは無言で首を縦というか七十五度くらいの角度で振ってみせた。もともと彼女は丸顔だが、平常時より頬《ほお》が膨らんでいる。絵に描いたようなふくれっ面だ。

「モエナ、まだ怒ってるし。うけるんだけど」

白森は面白がっている。その気持ちが想星にはわからない。

（……モエナさんが怒ってもしょうがないようなこと、僕はしたんだし。しまくったわけだし。合わせる顔がないっていうか……）

わからない。

まったく雪定《ゆきさだ》の言うとおりだと、あらためて思う。想星《そうせい》には人の気持ちがわからない。複雑怪奇にも程がある。

「しらも、あっ――」

「あすみん！」

速攻で白森《しらもり》本人に訂正された。想星はがんばって言い直した。

「……あ、すみん」

「呼びづらい？」

「いや、そんなことは……」

想星は歯を食いしばって首を左右に振った。

（だめだ。僕は嘘《うそ》で塗り固めたような人間だし、そのせいで白森さんを傷つけた。もう、どうしても必要なとき以外は、なるべく嘘をつきたくない。せめて白森さんには――）

「……まあ、多少は」

「んー。そっか」

白森は口を尖《とが》らせ、靴の踵《かかと》で床をつついた。

「でも、白森さんとかだと、なんっかなぁ。友だちっぽくないっていうか」

「そもそも、友だちなのって話」

ようやくモエナが口を開いた。明るくて誰に対しても気さくな彼女にしては、言葉にも声にも棘《とげ》がある。

「どう考えても友だちじゃない？」

白森はわざとなのか、天然なのか、けろりとしている。

「だって、同じクラスだし。一回付き合ったし」

「あたしはそこが問題だと思うよ……？」

「え？　なんで？」

「なんでって」

「別れはしたけど、付き合ったぶん関係は近くなったっていうか。じゃない？　想星？」

「……あぁ——ぇぇぇぇ……」

そんなふうにまっすぐ見つめられて、誰が否定できるだろう。想星はとっさに同意してしまいそうになった。でも、勢いに押されて調子を合わせるのが、果たして正しいのか。

(——嘘は、つきたくないんだ。関係が、近くなった……付き合うまでは、完全にただの同級生だったし。関係。遠くはなってない。近くなってる。そこは事実なんだよな……)

想星は吟味した末にうなずいた。うなずかざるをえない。

「はい……それは、まあ……」

「そう言うけどっ」

モエナはぷいっと横を向いた。

「あんなの、付き合ったうちに入らないと思う。個人的には」

白森《しらもり》は眉根を寄せて不満げだ。

「そっかなぁ？　あたし彼氏できたの初めてだったし、よくわかんないけど」

「……は？」

聞き違いだろうか。

「は、初めてぇっ……!?」

想星《そうせい》はつい大声を出してしまった。白森はきょとんとしている。

「え？　初めてだけど。どうして？」

「ど、どうして……というか、何だろう、意外というか……」

「それ、すごい偏見！」

モエナが胸倉を掴《つか》みそうな勢いで想星に詰め寄ってきた。

「あすみんほどピュアで一途《いちず》な子、むしろめずらしいくらいだし！　そんなこともわかんないの？　仮にも付き合ってたのに。あたしは認めないけど！　結局、あすみんのこと、まるで理解してないってことじゃない？」

「……ぐうの音も出ません。本当に、これぱっかりは、申し訳ない……」

「絶対、許さない！」

「……はい。僕としても、許していただけるとはとても思えないので……」

「鬼とか悪魔の所業だから！」

「……どう言われても、甘んじて受《う》け容《い》れるしかないと……」

「もぉ、やめてよ、モエナ！」

白森が想星とモエナの間に割って入った。

「想星も！　謝ったりとか、しなくていいし。一人じゃなくて二人のことなんだから、どっちがとかじゃなくない？　お互い様だもん」

（どう考えても、僕が一方的に悪いんだけど——）

想星としてはそう思わずにいられないが、白森は謝罪を望んでいないようだ。

（……謝らなきゃ気が済まないっていうのは、僕の都合だしな……）

「あすみんってさ」

モエナはまだ頰《ほお》を膨らませている。

「ちょっと喧嘩《けんか》になったりとかすると、すぐ仲直りしようとするよね。基本、早いよね。揉《も》めてる真っ最中に、いきなり、やめよ、とか言いだしたり」

「だって、もったいなくない？　あたしモエナ好きだし。大好きだし」

「んん？　どういうこと？」

「大、大、大、大好きだし！」

白森《しらもり》がモエナに抱きついた。

「──うぁ、ちょっ！」

「モエナのほっぺすりすりするの、マジめっちゃ気持ちよすぎ！」

「んぬぁっ、こらっ、うぁっ……」

モエナの顔が真っ赤になっている。見ている、というか、見せつけられている想星《そうせい》の顔面まで火照りはじめた。

（い、いたたまれない……けど、不愉快じゃない……刺激的っていうより、ものすごく平和な……）

想星は若干の昂揚《こうよう》感と大いなる安らかさを同時に噛《か》み締《し》めていた。

（なんかもう、世界全体がこんなふうだったら、どんなにいいか……）

その世界には殺伐とした暗黒面《ダークサイド》など存在しないだろう。人びとが殺しあうことはない。必然的に想星は失業する。それでもいい。

（本当は、僕みたいな人間なんかいないほうがいい。いちゃいけないんだ……）

「もおっ！　あすみん、頰《ほお》ずり禁止！」

モエナが腕ずくで、それでいて乱暴にならない程度の力加減で白森を突き放した。

「え……」

白森《しらもり》は大きな目をぱちくりさせた。

「モエナ、それ本気で言ってる？」

「本気で言ってる！」

「むぅ……」

白森はいかにも名残惜しそうにモエナから距離を取った。といっても、十五センチか、せいぜい二十センチ程度だ。

「ほっぺすりすり禁止になったら耐えられないし、今回は我慢しよ……」

「や、あたし、禁止って言わんかった？」

「近日中に解禁されるって、信じてる」

「……てか、あすみん、さっき言ったもったいないって、どゆこと？」

「何の話だっけ？」

白森が首を傾《かし》げると、モエナは欧米人のように頭を抱えた。

「これだもん……」

口を挟むのも気が引けたが、想星《そうせい》がモエナの代わりに最前までの話の流れを手短に説明すると、白森は「あぁ！」と両手を打ちあわせた。

「それね。大好きな人とは、できるだけ楽しく過ごしたいってだけのことなんだけど」

「……なるほど」

とりあえず首肯してはみたものの、想星の中で白森の回答と『もったいない』とがうまく繋《つな》がってはいない。納得できていないことが白森にバレてしまったようだ。

「だからね、せっかく大好きな人との時間なのに、一分一秒でも楽しくなかったら、もったいなくない？」

「それは――」

想星は絶句した。言葉に詰まったことに、我がことながら驚いていた。

白森の思想が理解できなかったわけではない。むしろシンプルで、人の気持ちがわからない想星でも腑《ふ》に落ちた。

（も、もったいない、い……）

想星にも、よくもったいないと感じるものがある。以前はそうでもなかった。最近、とみにもったいない。

命だ。

死ぬと命の残数《ライフカウント》が減る。過去の想星は、ゼロになったら困るが、仕事を通じてプラスか、最悪、帳尻が合いさえすればそれで十分だった。むろん、いざというときのために、増やせるだけ増やしておくに越したことはない。けれども、今のところは積み増しがあるので、まだ死ねる。多少死んでも平気だ。だいたいそのような感覚だった。

(僕は――一度でも考えたことがあったかな。好きな人と一緒に過ごす時間が大切すぎて、一秒でも無駄にしたくない、なんて……)

ない、のではないか。

(白森《しらもり》さんは、お父さんのことが大好きで……でも、彼はとんでもない大嘘《おおうそ》つきだったらしい。帰ってくるって、指切りまでして白森さんに約束して――それなのに、出てったきり、二度と帰らなかった。白森さんは、大好きな人を失った経験があるんだ。だから余計、大事にしてるのかもしれない。命は一つしかなくて、人生は一回きりだし、時間は有限だから……)

想星《そうせい》は、違う。

命が一つではない。人生が一度きりだとしたら、とっくに終わっているはずだ。残った命の数は把握している。でも、今まで失った命の数は？　ぱっとは出てこない。

想星にとって、命は軽い。死んでも殺せば取り戻せる。想星以外は当然、そういうわけにはいかない。

想星のように普通ではない羊本《ひつじもと》くちなも、命は一つしかないはずだ。

(僕は――……)

愕然《がくぜん》とするしかなかった。

(結局、死んでも死なないから、人の気持ちがわからないんじゃないか……？)

羊本が想星を元町《もとまち》の家に案内してくれた。あの家の地下室は応接間のように整えられていた。そこで彼女の養父母が冷凍保存されていた。正確には、養父母の死体が。二人はすでに死んでいた。それでも、羊本はどうか生き返って欲しいと願っているようだった。そんなことは不可能なのに。

（……どんな気持ちなんだろ。生き返るわけがないのに、生き返って欲しい……）

誰かが、たとえば一つしかない羊本の命が、失われたとする。

（そのとき、僕は――）

彼女は動かない。彼女の体はどんどん冷たくなってゆく。やがて死後硬直する。かちかちになる。死後硬直が解けて、やわらかくなっても、体温が戻ることはない。想星は彼女のことをよくは知らない。まだ知らない。知りたくても、教えてもらうことはできない。彼女はもう死んでいる。放っておけば、彼女は腐ってしまう。腐敗を免れるには火葬するしかない。焼けば、残るのは骨と灰だけだ。いつかは土に還《かえ》る。

彼女を慈しんだ養父母はすでに亡い。彼女には親しい友だちもいないようだ。想星は友だちのつもりだが、彼女は認めないかもしれない。どちらにしても、親しいとはとても言えないだろう。

彼女がいなくなっても、彼女を思いだす者はあまり多くなさそうだ。彼女は忘れ去られる。彼女が生きていたという事実ごと薄らいで、ついには無に帰してしまう。

(いや、僕は覚えてる。僕だけは忘れたりしない。だけど——)

きっと想星《そうせい》は、何度も何度も、放課後の教室で一人、窓の外を眺めている彼女の姿を思い返すだろう。

彼女は誰とも口をきかないくせに、意外なほど同級生たちの動向を把握している。他者に無関心どころか興味津々なのだ。好きこのんで孤立しているわけではない。

彼女は素肌でふれた者の命をたちどころに奪ってしまう。恐るべきチートだ。その力を誰より恐れているのは、もしかすると彼女自身なのかもしれない。彼女の力は、ちょっとした不注意で、何かの拍子に、身近な人びとを傷つけるだけならまだしも、即死させてしまうのだ。

彼女は自ら孤立することで、周囲の者たちを守っている。

本当に守りたいのなら、いっそ学校なんか通わずに、外出を極力控えて、一人きりで暮らせばいい。

言うのは簡単だ。

(……簡単? どこが? 僕にはとても言えない。学校に通って、誰かと話して、ときどき笑ったりして——そんな日常に、僕がどれだけ救われてるか。羊本《ひつじもと》さんは、おしゃべりする相手もいないみたいだ。それでも、何もないよりはいい。普通の空間にいれるってだけで、ぜんぜん違う。遥《はる》かにましなんだよ……)

「あれ？　想星？」

白森《しらもり》が屈《かが》んで想星を見上げている。

想星はいつの間にかうつむいて物思いに耽《ふけ》っていたらしい。

「……え？　な、何です……か？」

「また敬語！」

「うっ、ご、ごめん……」

「それはいいんだけど、なんか想星……泣いてない？」

「泣いて……？」

想星は目のすぐ下あたりをさわってみた。濡《ぬ》れている、というほどではないにせよ、水分を感じる。

「……重力かな？　ち、地球に引かれて、涙腺から水が漏れたのかも……」

「大丈夫？」

そう声をかけてきたのは、白森ではなくモエナだった。それも、表情を曇らせて気遣わしげだ。演技だとしたらずいぶん自然でたいしたものだが、きっと素だろう。

（モエナさんは、いい人なんだ……）

感じ入るとさらに涙腺が緩みそうになり、想星は慌てて作り笑いをした。

「だ、大丈夫。若干不調っていうか、たまにはこういうこともあるっていうか……」

「たまに泣いちゃうってこと?」

白森《しらもり》の質問に答えあぐねていると、不意にモエナがポケットから何か出した。

「これ」

モエナはそれを想星《そうせい》に差しだしてきた。小さい包みに入っている。個別包装された飴《あめ》のようだ。

「食べる?」

「出た!」

白森が笑いだした。

「モエナ、何かあるとすぐ食べ物! 常にたくさん持ち歩いてるから」

「そんなにたくさんは持ってないもん! 飴はたぶん五個くらいだし……」

「五個は嘘《うそ》! あちこちのポッケに十個は入ってる!」

「ポッケには五個くらい! 鞄《かばん》にはもっと入ってるけど!」

「でも想星、モエナがくれる飴、ほんと妙においしいんだよ。モエナはお菓子選ぶの、すごいうまくて」

「あ、うん、それじゃ、ありがたく……」

躊躇《ためら》いはあったが、せっかくなので頂戴することにした。ふじりんご、と表記された包みから出して口に入れると、目玉が飛びだしそうになった。

「――こっ、これはっ……」

りんごなら想星もよく食べる。ほぼ毎日、食べている。この甘味《あまみ》と酸味は、まさしくりんごのそれだ。

「飴……なの？　嘘っ……」

「今のおすすめ」

モエナはにやけそうになるのを必死で我慢しているかのようだった。心なしか、というか、明確に得意げだ。

「ちょっと高めだけど、果物の専門店が作った最強のフルーツキャンディー。お店に行くか、お取り寄せでしか買えないんだよ」

「うなぁっ、あたしもちょうだい！」

白森が奇声を発して両手で皿を作ると、モエナはすぐさまポケットから飴を出した。

「あすみんには、とちおとめ味。好きでしょ、いちご」

「好き！　やったぁ！　モエナ、大好き！」

白森は包みを解《ほど》いて飴を口の中に放りこんだ。

「めっちゃいちご。幸せ！」

（……本当に、めっちゃりんごだ）

想星はふじりんごの飴を味わいながら、不覚にもまた涙ぐみそうになった。

（羊本《ひつじもと》さんには、こんな時間……一秒もないのか——）

†

授業が終わると、想星《そうせい》は荷物を持って教室を出た。それから、校内をうろついて時間を潰した。

（鞄《かばん》、置きっぱなしだと、見すかされるかもしれないし……）

頃合いを見計らって二年二組の教室に戻ると、頬杖《ほおづえ》をついて窓の外に顔を向けている彼女の体が微妙にこわばった。

彼女はこちらを見ていないが、想星だと気づいているだろうか。

想星は自分の席に鞄を置こうか置くまいか迷った。考えたあげく、鞄を持ったまま窓際までゆっくりと歩いた。

（もう……気づいてる——よね？）

彼女は相変わらず、かたくななまでに窓の外を眺めている。

想星は咳払《せきばら》いをしてみた。

（あぁ、わざとらしい……）

顔が熱くなった。猛烈に恥ずかしい。

いずれにせよ、彼女は微動だにしない。想星は身悶《みもだ》えそうになった。

(無視ですかぁ……)

正直、打ちのめされた。苛立《いらだ》ちもなくはない。

(僕、そんなに悪いことした？　してる……のかな？　なんでここまで凹《へこ》まされなきゃならないんだっていう……)

下を向きたくなっても、想星は死ぬ気で彼女から目を離さなかった。

(舐《な》めるな。死ぬ気でやるくらい、僕にはどうってことないんだ。僕は死んでも終わるわけじゃないし――)

そうだ。

死ぬ気になれば、けっこうなことができたりする。

清水《きよみず》の舞台から飛び降りる、というやつだ。たしか、京都にある清水寺の本堂は地上約十三メートル。想星にとっては余裕だ。

「ひっつじもっとさんっ！」

普通に話しかけるつもりだったのだが、どういうわけか歌うような調子になってしまった。しかも、想星自身、仰天するほどの大音声《だいおんじよう》だった。羊本もさすがに驚いたようで、見間違えようがないくらい全身をびくっとさせた。それでも想星を一瞥《いちべつ》さえしないのだから、よほど決心が固いのか。意地でも想星と話さないつもりなのだろうか。

「……ひ、羊本《ひつじもと》……さん？　あの……べつに、なんていうか……ええと……だから……ふ、普通に？　会話する、とかは……何だろ……いきなりそこまでは、望んでない……ことはないんだけど……気軽に挨拶したり……ちょっとした……世間話？　みたいなことが、できたらいいかな……とは、思ってるけど……できたらいいのになっていう、これは僕の願望でしかないわけだし……うん……羊本さんが、いやなら……しょうがない……かな、それは……だけど、その、つまり、ほら……だからね？　どう言えばいいのかな……どうもこうもないか、はっきり言うしか……うん……だから、あの……できれば……無視するのは、僕としてはやめて欲しい……かな？　個人的に、わっ――」

唐突だった。羊本が立ち上がった。それまで身じろぎ一つしないで想星《そうせい》のたどたどしい主張を聞いていたのに。あるいは、聞いてすらいなかったのかもしれない。羊本は鞄《かばん》を手に取って歩きだした。

「まっ……！」

想星が追いかけると、羊本は走ろうとする構えを見せた。想星はむきになった。態度で示さないと、といったような考えも頭をよぎった。高良縊《たからい》想星は、羊本くちなのチートを知っていてもなお、恐れてはいない。そのことをあらためてはっきりと表明するべきだ。なんとか理解してもらいたい。

想星は後ろから羊本の左腕を掴《つか》んだ。

「っ……」

「待ってよ、羊本さっ――」

「放して！」

まさか、そう来るとは。

何しろ彼女のことだから、反発されるだろう。想星もそこまでは想定していた。でも、振り向きざまに頭突きをかましてくるとは予想外だった。彼女のおでこが想星の顎にぶつかった。

「がっ……――」

「……っあぁ……っ……!?」

目が覚めると、教室の天井が見えた。想星は倒れている。教室の床に。ここは二年二組の教室だ。起きて、見回す。誰もいない。付近の机と椅子が乱れている。想星が倒れた際にずらしてしまったのだろう。

「マイナス1……」

どうやら一回、死んだらしい。

想星は震えていた。

（おそらく誰よりも死に慣れてる僕が——）

羊本《ひつじもと》に殺されたときは死の実感がまったくないぶん、空恐ろしい。想星《そうせい》は頭《かぶり》を振る。

「……いやいや。怖い？　どこが？　怖くない。怖いわけないし。怖がっちゃだめなんだ。怖がってたら、羊本さんとは……」

怖がらなくても、同じなのではないか。

（……この有様だしな。頭突き一《ひと》発で僕を殺しといて、平気で置き去りにするって——）

想星は落ちていた鞄《かばん》を拾った。教室をあとにして玄関に辿《たど》りつく頃には、わずかな希望は打ち砕かれていた。

（ひょっとしたら、羊本さんが待っててくれたりしないかな……なんて、考えた自分が馬鹿だったんだ……）

地下鉄の駅を目指す想星の足どりは鈍重きわまりなかった。

途中、スマホが鳴った。姉だった。

「……はい」

『まだ家に帰っていないの？　遅いわね』

「……はい。ごめんなさい」

『何？』

「……はい？」

『はい、じゃないでしょう。何か変よ』

（どうせ僕は変ですよ）

言い返したくなったが、その意欲も急速にしぼんでしまった。想星は努めて明るい声を出した。

「あぁ、今、ちょっとあれだったんです、声を張りづらい場所で。もう平気です。それで、何ですか、姉さん？　急ぎの用じゃなければ、家に着いてからにしません？」

『……まあ、それでいいわ。さっさと帰宅なさい。本来はいちいち言われなくてもそうするべきなのよ。わかっているでしょう、想星？』

「わかってます。ごめんなさい。反省します。それじゃ、とりあえずいったん切らせてもらいますね。またあとで」

通話を終了させると、体重が一気に三倍か四倍になったような錯覚に陥った。

（なんか、ゾンビにでもなった気分……）

地下鉄の駅はどうして地下にあるのだろう。想星は生まれて初めてそんな疑問を抱いた。地下鉄は地下を走っているから地下鉄なのであって、駅が地下にあるのはあたりまえなのだが、ようするに階段を下りるのが億劫《おっくう》で仕方なかったのだ。

ホームにはそれなりの列ができていた。次の列車が来るまでまだ五分かそこらある。想星はどうしても列に並ぶ気になれず、ベンチに座った。

(姉さんが電話してきたってことは、また何か仕事を受けたんだろうな。仕事か。何が仕事だよ。どんな理屈をつけたって所詮は人殺しじゃないか。やりたくない……)

ホームにアナウンスが流れた。もうすぐ列車がやってくる。

想星《そうせい》は膝の上に置いた鞄《かばん》を抱くようにしてうなだれた。

列車がホームに進入してきて停《と》まった。立ち上がって乗らないといけない。わかってはいても、腰が重くて仕方ない。

列車が動きだし、走り去った。

(……姉さんに怒られる)

ため息がこぼれた。

(いいか。べつに。もう何もかも、どうだっていい……)

隣に誰かが腰を下ろしたのはわかった。

想星は目をつぶった。

(知ったことじゃない……)

そう思いながらも、耳をそばだてて息遣いなどを探ってしまう。

(敵かもしれない——って? 仕事中じゃないし。今の僕は普通の高校生なんだから。まあ、でも、この落ちこみ方は普通じゃないかな……)

それにしても、想星の隣に座った何者かは、どうもおかしい。

さっきの想星ほどではないが、何回もため息のような息をついている。たまに、声を出す寸前というか、声未満の声をそっと発したりもする。

「……え?」

声とは言えない声だが、それを知っている――ような気がした。

想星はがばっと上体を起こして隣を見た。

マフラーを巻いて、手袋をつけ、完全防備の彼女が、想星の隣に座って前方を睨《にら》みつけている。

「あっ――羊本《ひつじもと》さんっ……!?　えっ……ど、どうして……!?」

羊本はこちらを見ない。ぴくりともしない。

想星も身動きがとれなかった。

列車がホームに入ってきた。停車して、ドアが開く。下車する者がいて、乗車する人びとがいる。ドアが閉まる。列車が発進する。

ホームが静まり返った。

「ごめんなさい」

とても小さな声だった。

羊本は依然として前を向いている。その方向に宿敵でもいるのだろうか。ものすごい目つきだ。

「さっきは、やりすぎた」

想星《そうせい》は首を横に振った。何回も、激しく振った。でも、羊本《ひつじもと》は想星を見ていない。いや、周辺視野でおおまかな動作くらいはとらえているだろうか。

「いや、ぜんぜん」

だとしても、明確に口にしたほうがいい。

「大丈夫。うん。あんなの平気だし。たかが一回だしさ。まあ、二回でも三回でも、僕はそんなに。あ、それより、羊本さんは？」

「……わたし」

語尾は上がっていなかったが、たぶん羊本は「わたし？」と訊《き》き返したのだろう。想星は自分の額をさわってみせた。

「頭。痛くなかった？　怪我《けが》とかしてない？　たんこぶとか」

「たんこぶ……」

羊本はそう呟《つぶや》くと、うつむいてマフラーをちょっと引き上げた。鼻の下までマフラーで隠れてしまった。

ほんの少しだが、羊本の肩が揺れている。

（……笑って――る？）

何が可笑《おか》しいのか。想星にはよくわからない。

（語感、かな？　たんこぶ。考えてみたら、わりと変な言葉かも。たんこぶ……）

だんだんと微妙に面白くなってきた。とはいえ正直、笑ってしまうほどではない。

（意外と、笑い上戸だったりするのかな。素の羊本さんは――）

そんなことを考えているうちにアナウンスが流れた。そろそろ列車が来るようだ。

羊本がベンチから立ち上がった。

想星は羊本を見上げた。

「乗らないの」

平板な口調でそう言った羊本の目つきは、少なくとも鋭くはなかった。

「の、乗る」

想星は慌てて立った。

列車が来た。乗りこんだ車両は比較的すいていた。一人か二人なら座れそうだったが、羊本は車両の端のほうまで移動して、吊革《つりかわ》に掴《つか》まらずに立った。想星は羊本の隣で吊革に掴まった。

何か話したかった。

（羊本さんは、どうなんだろ）

車窓に映る彼女を眺めたり、ちらちらと横目で様子をうかがったりしてみたが、想星には計り知れなかった。

（……でも、乗らないのって、訊《き》かれた。あれって、一緒に乗ってもいいってことだよね。いやではない――ってことだよね？　拒絶されてはいない……）

想星《そうせい》は学校の最寄り駅、司町《つかさちょう》の駅から二駅の静町《しずかまち》で、東西線から南北線に乗り換える。もう静町に着きそうだ。

最近まで知らなかったが、想星と羊本《ひつじもと》は家がわりと近い。

列車が静町で停《と》まった。

想星は乗降口へ向かおうとした。羊本はその場から動こうとしない。

「あれ……」

降りないの、と訊きたいのに訊けなかった。

羊本が首を横に振ってみせた。車輪町《しゃりんちょう》の家には行かない、ということなのか。

（――仕事……だったりして）

そう考えた途端、胸が重苦しくなった。

（ここで僕も降りなかったら、どうなるだろう）

ふと思いついただけだ。想星は家に帰って今夜の仕事に備えないといけない。下車するしかない。

羊本が想星に目を向けた。

「また明日」

唇と唇の狭い合間をなんとか通り抜けてきた、こちらからつかまえにいかないと聞き逃してしまう、低い声だった。それでも、想星の耳にはしっかり届いた。

「うん。また明日」

想星が返した言葉をちゃんと受けとったと示すように、羊本はうなずいた。

急ぎ足で車両を出ると、その直後、ドアが閉まった。動きだした列車の窓の向こうで、羊本はうつむいて髪の毛をさわっていた。そのうち列車が行ってしまい、見えなくなった。

スマホが鳴りはじめた。姉だろう。

「はいはい……」

想星はスマホを出した。時刻と着信の通知が表示されている黒いディスプレーが鏡のように想星の顔を映した。

「うわ……」

だらしなく緩んだ表情を目の当たりにして、我ながら引いた。

Ø3 MUD-CAKED CASE

男の名はアンソニー・タケダ。父親は武田雅俊《たけだまさとし》という日本人で、母親は米国籍のジェシカ・ローン。息子のアンソニーは日本国籍を持っている。

タケダはアメリカのカリフォルニア州で生まれ、三年前に日本に入国した。以来、一度も出国していない。少なくとも記録上はそうなっている。

大阪市に住民登録しているものの、実質的には住所不定だ。タケダは国内のあちこちに出没する。とりわけ歓楽街での目撃例が多い。行動パターンは、各地の歓楽街にある程度の期間、毎晩のように姿を現し、そのうちいなくなる。

「姉さん」

想星《そうせい》は道端でスマホをいじるふりをしながら、とある雑居ビルの出入口を監視していた。ニュー東極《とうごく》ビル。地下一階から七階までに、居酒屋、スナック、バー、パブ、キャバクラなど、多数の飲食店が入っている。

「来ました」

背の高い男がニュー東極ビルの出入口から出てきた。一人ではない。小柄で派手な服装の女性を連れている。二人は親密そうだ。男が女性の腰を抱いて歩いている。

「女連れです」

『一人で入ったのよね？』

「はい。尾《つ》けます」

『今夜の獲物かしら』

想星は答えずに男女のあとを追いはじめた。

日付が変わろうとしている新宿《しんじゆく》通りは、平日でもそれなりに人通りがある。

ちなみに、この新宿通りと東京の新宿との間には何の関係もない。誰もが知るあの新宿にあやかって名づけられた、言わば紛い物《バチモノ》の新宿通りだ。

男のほう――アンソニー・タケダは、上背があって顔立ちも体型もバタ臭い。日本人女性が一般的に好むようなイケメンではないとしても、まあ美男子と言っていいだろう。米国出身なだけあり、英語と日本語を自在に操れる。いわゆるバイリンガルで、口も達者なようだ。タケダは夜な夜な盛り場をうろついては女性に声をかけ、飲食したり語らったり踊ったり、はたまた情を交わしたりして夜を明かす。

『証拠を押さえてから始末したいところね』

姉がイヤホンの向こうから事もなげに言う。

「それは……」

想星は異議を申し立てる口調にならないように気をつけた。

「決定的な場面を目撃するまで、手を出しちゃいけないってことですかね」

『何か問題でも?』

「……いえ。問題ってわけじゃ」

『もしかして、何の罪もない人間が殺されるのを黙って見ているのは気が引けるとでも言いたいのかしら?』

「まあ、気持ちよくはないですけど……」

『私たちは正義の味方じゃないのよ、想星《そうせい》』

「そんなふうには思ってません」

『どうかしら』

「一度も思ったことないです。あたりまえじゃないですか」

『とにかく、まずは証拠を押さえるのよ』

「はい、姉さん」

『この頃、反抗的ね、想星』

想星は返事をしなかった。

タケダと女性は大きな通りには向かわない。いちゃつきながら、ひとけの少ないほう、少ないほうへと進んでゆく。

(この先は……ホテル街か——)

警察署に行方不明者届が出され、受理される件数は、年間八～九万。実際はもっと大勢の消息がわからなくなっている。ともかく直近の三ヶ月間にも、二万件以上の行方不明者届が提出されているはずだ。

そのうちの二名、二十八歳の会社員、江沢由記《えざわゆき》と、私立大学に通う二十一歳の川南絵理《かわなみえり》が、行方知れずになる前にタケダと行動をともにしていた。映像等の証拠があるので、これはまず間違いない。

ついでに言うと、想星が今、尾行している男は、どうやら本物のアンソニー・タケダではなさそうだ。

アンソニー・タケダという男は実在する。しかし、十年以上前にその痕跡は途絶えた。彼の父親はアンソニーが日本に入国する前に死亡している。母親は存命だが、息子とは長らく会っていないという。

あのタケダは偽者だ。

姉というか、組織はそう考えているらしい。何者かがタケダのふりをして日本に入国し、何らかの活動に従事している。

不気味な話だが、こうしたケースはなくもない。よくあるのはスパイだ。諜報《ちようほう》機関の人間、あるいはテロ組織や企業の工作員が、任務を遂行するべく別人に成り代わる。

ただし、タケダは違う。組織の調査によれば、どこかのスパイだと疑われるような動きは見せていない。

（本当にあの男が、新興の殺人者集団、NG系とやらのメンバーなのか――）

我が国には、旧内務省が所管していた極秘機関の流れを汲《く》む通称・機関と、戦後、海外から進出してきたチャーチ・オブ・アサシン（COA）、そして、一九八〇年代に台頭した全人会《ぜんじんかい》こと全日本殺人同好会という、三つの団体がある。機関、COA、全人会は同じ穴の狢《むじな》で、職業的な殺し屋集団だ。

機関はいまだに旧財閥系の企業や名家と繋《つな》がりがあるようだし、団体ごとに報酬体系が違っていたり、請け負う仕事の傾向が異なっていたり、独自のルールがあったりする。しかし、組織を通さずに仕事をするのだけは、どの団体でも共通して御法度だ。

もっとも殺し屋の集団は、機関とCOA、全人会だけではない。国内ではこの三大組織《ビッグスリー》の規模が桁違いに大きく、圧倒的に高いシェアを占めているものの、その気になれば自由に参入できる業界だ。団体に属さない、フリーランスの殺し屋もいる。玉石混淆《ぎょくせきこんこう》どころか、その大半は素人同然だとしても、金をもらって人を殺せば殺し屋を名乗れるのだ。殺し屋たちが徒党を組めば、組織らしきものが一応はできあがる。

NG系はそうした泡沫《ほうまつ》的な零細団体ではない。この国では新興と見なされているが、海の向こうの本国ではれっきとした大手だという。

（勢力図がどうとか、興味ないけど——）

男女はもうホテル街に差しかかろうとしている。ラブホテルに入られてしまったら、基本的には出てくるまで待つしかない。

（朝までコースかも……）

喜ばしくはない。

それどころか、最悪だ。

（羊本《ひつじもと》さんもどこかで仕事中かもしれないっていうのが、せめてもの——）

そんなことを慰めにするのはどうなのか。

何せ、職種が特異なので、仕事の内容が内容だ。

（不謹慎……っていうのとも違うか。ふざけてるわけじゃないし。でも、僕だけじゃないんだって思うと、正直、励みにはなる……）

タケダが一軒のラブホテルを指さした。

（——入るのか？）

二人が何か話している。揉《も》めているというほどではなさそうだが、女性が渋っているようだ。

タケダがホテルのほうに女性を引っぱってゆこうとする。女性は抵抗した。

（どうなる……？）

想星《そうせい》は路地に半分身を隠して成り行きを見守った。

タケダが笑いだした。女性の背中をぽんぽんと叩《たた》きながら声をかけている。なだめようとしているのか。

平日だからひとけは少ないが、皆無ではない。ここでは何も起こらないだろう。そんなふうに高をくくっていると、えてして足をすくわれる。でも、どうだろう。タケダが肩をすくめた。説得を断念したのか。

二人は引き返すようだ。想星は少し安堵《あんど》した。

（ホテルに連れこまれちゃうと、中で――ってことも十分ありえるわけだし。その線がとりあえず消えただけでも……）

タケダと女性はホテル街を出て大通りでタクシーをつかまえた。タケダは乗らないらしい。タクシーは女性だけを乗せて走りだした。

タケダはタクシーが見えなくなるまで道端に立っていた。また肩をすくめて踵《きびす》を返す。

今度はどこへ行くのか。想星も歩きだした。

「姉さん」

『ええ』

「女と別れました。うまくいかなかったようです」

『別の獲物を探すかもしれないわ』

「はい」

『何か嬉《うれ》しそうね』

「べつにそんなことはないですけど」

『素直になったらどうなのかしら』

「……素直な人には、あんまり向かない職業なんじゃ」

『それはそうね』

「でも、姉さんに対しては正直ですよ……」

『是非そうあって欲しいものだわ』

タケダは歩くのがけっこう速い。脚が長くて歩幅が広いせいか。ついてゆこうとすると、想星はどうしても急ぎ足になってしまう。

（そっちは、飲み屋なんかは少ないはず……）

タケダは歓楽街から出ようとしているらしい。この方向に進むと、やがてオフィス街に入る。その先はマンションがたくさん建っている地域だ。隠れ家にでも向かっているのだろうか。

「姉さん……やつの潜伏場所は不明なんですよね？」

『家を買ったり、部屋を借りたりしている形跡は一切ないわね。ホテルに宿泊する際は偽名を使っているし、支払いは現金よ』

　タケダはとうとうオフィス街に足を踏み入れた。どのビルの窓にも明かりがない。ほぼ無人だ。危険なほど静まり返っている。

（……尾行には向かない）

　当然、想星《そうせい》はかなり注意してタケダから距離をとっている。そうせざるをえない。

（見失うかもな、これ。姉さんに叱られる……）

　想星は思わずため息をつきそうになった。そのときだった。

　タケダが急にビルとビルの間の細道に入りこんだ。

（今の――）

　想星は足を速めた。

（不自然だった）

　細道の手前で一度止まった。そっと覗《のぞ》きこむと、タケダの後ろ姿が見えた。走っている。違和感があった。

（何だ……？）

　想星も細道に飛びこんだ。すぐにタケダが見えなくなった。細道の先を左に曲がったようだ。想星は駆けた。

「姉さん」

『何なの？』

「勘づかれたかも」

『馬鹿』

「僕を振りきろうとしてるみたいです」

『後ろ暗いところがあるのね。追いなさい』

「もし――」

『相手が仕掛けてきたら、やっていいわ』

「はい」

姉の許しが出た。遠慮しなくていいということだ。左に曲がると、タケダがいた。かと思いきや、いなくなった。また横道に逃げこんだらしい。

追い上げようと全速力で走っている最中《さなか》、違和感の正体に気づいた。

(音、か)

想星は上着のファスナーを下げた。懐に拳銃を収納したホルスターがある。

(あの男、ほとんど足音を立てない――)

横道に駆けこむと、車がすれ違うのに難儀しそうなくらい道幅が狭まった。両側に古いビルが建ち並んでいる。外灯がなく、かなり暗い。タケダはどこだろう。いない。

(逃げられた？)

横道の長さ、互いの速度、距離などが頭の中を駆け巡る。

（そんなわけ――）

想星《そうせい》は何かを感じた。言ってみれば、気配のようなものだろうか。

上だ。

振り仰ぐと、向かって左側のビルの外壁から何かが突きだしていた。

何か？

違う。誰かだ。人。人間だ。暗くてはっきりとは見えない。しかし、それは人影だ。

ビルの外壁から、人間が生えている。

もちろん、ビルから人間が生えたりするわけがない。立っているだけだ。ビルの二階と三階の間くらいだろうか。その人間は垂直の外壁に立って、想星を見下ろしている。

（――NG系……）

无重力方式《むじゅうりょくほうしき》。英語で No Gravity System というらしい。

略して、NG系。

その組織の構成員の一部は奇妙なチートを使い、重力に抗《あらが》ってみせる。そうした情報は想星の頭に入っていた。でも、百聞は一見にしかず。相対《あいたい》して自分の目で見てみないとわからないこともある。というか、こうして直《じか》に見てもよくわからない。わからなくても、仕事だ。やるしかない。

想星《そうせい》は懐に右手を突っこんだ。ホルスターから消音器《サイレンサー》付きのルガーＬＣ９を抜いたときにはもう、その人間は走りはじめていた。垂直の壁を斜めに駆け登ってゆく。無音ではない。でも、ほとんど音がしない。壁の上を滑っているかのようだ。人間業ではない。まるで虫かヤモリだ。

想星は撃てなかった。狙いを定める前に、やつはビルの屋上に達したのか。あるいは、ビルとビルの合間に姿を消したのか。それすら判然としない。

（逃げた……のか？）

銃を構えたまま、あちこちに視線を走らせる。

どこにも、誰も、何もいない。

前進するか、後退するか、想星は迷った。判断がつかないまま、振り返る。やはり誰もいない。異状はない。

（こういうときは、焦って動かない――）

取り逃がしたのだとしたら、あとで姉に大目玉を食らうだろう。そんなことも今は考えるべきではない。想星は心拍数が安静時の平常値に戻るまでじっとしていた。

慎重に来た道を戻って横道を出てから、拳銃をホルスターにしまった。

（予想以上に得体が知れない。ＮＧ系――思ったより厄介な相手かも……）

想星は上着のファスナーを閉めずにその場を離れようとした。

「っ――……」

頭か。打撃。何か硬い物体で殴打された。たぶん後ろからだ。

意識が途切れて、気がつくと想星の胴体に何者かが馬乗りになっていた。ここはさっきの横道ほど暗くないし、その何者かの正体はすぐにわかった。タケダだ。

「何のつもりだ!?」

タケダは手に何かを持っている。工具だろうか。スパナか、レンチか。ギアを調節可能なモンキーレンチだろうか。タケダはそれを想星の顔面めがけて振り下ろした。想星は両腕で顔を庇《かば》おうとしたが、間に合わなかった。

「誰のサシガネだ!? サシガネ！　フォウッ！　初めて使った、この日本語！」

タケダは鉄のモンキーレンチで想星の顔中を乱打しながら叫んだ。一応、質問しているが、問答するつもりがあるのかどうか。

(……容赦、ないな……こいつ……)

攻撃にまったく躊躇《ちゅうちょ》がない。逆上しているのか、異常者なのか、最初から殺すつもりの経験者か。

(簡単に、死ぬわけには……)

命を減らしたくはない。

(……でも、無理なんじゃゃ……これ……――)

一回殺されて、体勢を立て直すしかない。

モンキーレンチで殴られまくってむごたらしく破壊され、朦朧《もうろう》としている頭に現実的な選択肢が浮かんだ。その途端だった。

「生きてるか《Are you still alive》?」

タケダはそう言って笑うと、殴るのをやめた。何かやっている。想星《そうせい》の懐をまさぐっているようだ。銃を奪われた。

「ブッソーだな。ここは日本だぞ? ただの子供じゃないな。ゼンジンカイか?」

想星は無視した。とても口を開く気にはなれない。答えてやる義理もない。

タケダは想星の額に銃口を突きつけた。

「まだ話せるだろ。おまえはゼンジンカイか?」

(……撃て)

想星が口を割ることはない。撃ちたければ撃てばいい。というか、撃って欲しい。こうなったら撃たせるしかない。

「冗談だよ」

タケダはまた笑って銃を引っこめた。

「ジョーダン? まあ、本気じゃないってことだよ。銃で脅したくらいで、ジハク? しないよな。でも、ハクジョーさせるよ。場所をチェンジしないとな。ここはよくない」

想星にとって望ましい展開とは言えない。タケダは想星の上からどいた。想星が背負っている小さなバックパックのストラップを掴《つか》み、ぐっと持ち上げる。タケダは想星を引きずって移動しはじめた。

「オレはかわいい女が好きだけど、必要なら男も、年寄りでも、子供でもやるよ。日本語だと……torture……ゴーモン？　ゴーモンで合ってるよな？　ゴーモン。イイね。クールなコトバだな。イケテル。得意なんだよ。ゴーモン。コロスと同じくらい」

『いい趣味してるわね』

イヤホン越しに姉が囁《ささや》いた。まだイヤホンが生きていたのか。外れておらず、壊れてもいなかった。

（――て、ことは……姉さんは、だいたいの状況……把握してる……）

姉の助けをあてにはできない。姉が現場に出てくることは基本的にない。ずいぶん会ってさえいない。

たまに想星は考えてしまう。

（……姉さんは……本当に、いるのか……？）

高良《たから》縊遠夏《いとおか》。

一番上の姉だ。一応、半分は血が繋《つな》がっているらしい。

（……くそ……マジか……）

腹違いの姉がもう一人いた。

高良《たから》縊《い》リヲナ。

リヲ姉《ねえ》。

想星《そうせい》が自分の手で殺した。

(……父さんは……リヲ姉には……やさしかったんだよな……リヲ姉だけには……)

リヲ姉は極端な虚弱体質だった。父はリヲ姉を、役立たず、と呼んでいた。それでいて、部屋を与えていた。リヲ姉が安静にして暮らすのを許した。病気になれば医者を呼んで診せた。リヲ姉だけがそんなふうに扱われていた。

想星は詳しいことを知らない。詳しく調べようとしたこともないが、千年以上続く神職の家系があって、父はその家の女性にリヲ姉を産ませたらしい。

(……リヲ姉は……形代人《かたしろびと》……神様に……もし神様が、いるなら……守られてた……)

だから、彼女を傷つけた者は、たちどころに同じ傷を受ける。

彼女の命を奪った者は、同じく命を奪われる。

(……守られて? どこが……違う……)

どう見ても、彼女は長生きできそうにない体だった。少し陽《ひ》に当たっただけで体調を崩してしまうような人だった。

(……あれは……呪いだ……リヲ姉は……呪われてた……)

父には役立たず呼ばわりされていても、リヲ姉が無力だったわけではない。その気になれば、走ることも、跳ぶことも、刃物や銃器、毒物を適切に扱うこともできた。リヲ姉も父の命令で仕事をしていた。想星は不思議でならなかった。どうしてあの貧弱な体で人を殺せるのか。リヲ姉を殺すのは簡単だった。ただし、リヲ姉を殺せば自分も死ぬ。想星なら その問題は無視できた。想星は死んでも命が一つ減るだけだ。だから、リヲ姉を殺すのは想星の役目だった。

（……でも……僕は……本当に、殺さなきゃ……だめだったのか……リヲ姉を……）

結局、長姉の遠夏《とおか》にそうしろと言われたから、リヲ姉を殺した。

想星は遠夏の意に従った。

（……本当に？）

遠夏が持ちかけてきた。あの男を殺すのよ、と。あの男。父のことだ。毒王《ベネノザ》と呼ばれた生粋の暗殺者。天性の人殺し。暗殺一家の当主。高良縞号云《ごううん》。父を殺すとなると、リヲ姉が邪魔になる。

（……僕が、言った……リヲ姉は……父さんに……逆らわないんじゃないかって……）

リヲナはおまえが片づけて。遠夏にそう言い渡された。

だから、想星がリヲ姉を殺した。

父は毒の王。肉体も精神も毒そのものだ。近づくだけでも危険な存在だった。

（……だから……僕が……）

きっと死にかけているせいだ。

（……違う……父さんに……とどめを……刺したのは……）

高良縊遠夏《たからいとおか》は実在するのか。

死にかけて、今の想星《そうせい》はまともではない。

（……僕じゃ……ない……）

それでこんなことを考えてしまう。

（……遠夏姉さんだ……僕じゃない……僕は……一人じゃ……ない……――）

「ヘイ！」

声をかけられた。タケダの声だ。頬《ほお》を叩《たた》かれる。たぶん叩かれているのは左の頬だと思う。もう想星は引きずられていない。横たわってもいない。壁か何かに背中を預けて、座る姿勢になっている。ここはどこなのだろう。暗い。ほとんど真っ暗だ。

「なんでオレを狙った？」

タケダは想星の両手首と両足首を紐《ひも》か何かで縛った。ずいぶん素早い。明らかに手慣れている。

「どの指がいい？」

そう言いながらタケダは想星の右手の小指を握り、手の甲の方向に折り曲げた。

「ぁっ……」

折れた。それだけでは終わらなかった。タケダは想星の右手の小指を前後左右に動かした。ぐるぐる回した。

「痛いか？　痛いだろ？　痛いよな？　でも、小指は一番ダイジョーブだ。一番痛くない。これからだ。もっと痛い。オマエ、誰だ？　言え。ハクジョーしたら楽にしてやる。楽になりたいだろ？」

思わず想星は笑ってしまった。

「ハーァ？」

気に障ったようだ。タケダは想星の右手の薬指を握った。一気に折って、曲げ回した。

「——ぅうぅぁあっ……」

当然、痛い。痛くないわけがない。

「これはどうだ？」

タケダはすでに折れている小指と薬指を併せて握りこみ、引っぱりながら激しくねじった。よくもそんなことができるものだ。想星は獣のように悲鳴を上げた。ああ、痛い。

（何回——）

痛くてしょうがないのに、笑ってしまう。

（これまで僕が何回、死んだと思う？　さんざん痛い目に遭って、何回、僕が——）

「オマエ、アレか?」

タケダも笑いだした。可笑《おか》しいというよりも、うろたえている。無意識にその動揺をごまかそうとしているのだろう。

「ヘンタイか? ヘンタイだな、オマエ?」

次にタケダがどうするか。予想はついた。この手の男はいったん心が乱れると、より感情的になる。エスカレートして、ついには歯止めが利かなくなる。

「えっへっへっへっへっへっへっ……」

想星《そうせい》は笑う。フ×ック、とタケダが叫ぶ。ファ×ク、フ×ック、ファ×ク。もはやタケダは想星の手指をどうこうするなどという些末《さまつ》な拷問では気がすまないだろう。この男は嗜虐症者《サディスト》だ。それも重度の。他者を傷つけるのが好きで、楽しくてしょうがない。他者が悶《もだ》え苦しんでいる。その苦痛をもたらしているのは他の誰でもない自分なのだ。その実感がタケダに無上の快感を与えるのだろう。できるだけ多くの快楽を長く貪《むさぼ》るべく、他者を死なない程度に痛めつける。あげくの果てに、いよいよ犠牲者が苦しむことすらできなくなったら息の根を止める。それがいつものやり口なのだろう。

フ×ック、ファ×ク、フ×ックと繰り返しながら、タケダは想星の頭部にモンキーレンチを叩《たた》きつけた。今、タケダを駆り立てているのは快感ではない。強烈な怒りだ。タケダは激情に任せて想星という人間を壊そうとしている。もう想星は砕け散りつつある。

（……それは、それで……気持ちいいんだろ……変態……野郎……──）

死は終わりだ。普通なら。

高良《たから》縊《い》想星は違う。

（僕の強みは、それだけなんだ……）

生き返った想星は、わかりきった事実をあらためて噛《か》み締《し》めた。これまで、捨てられる命を捨てることで、想星は生き残ってきた。それなのに、命を惜しんでどうするのか。

何か冷たいような、ぬるいようなものが想星の顔にかかった。

（──唾か）

タケダだ。小声で罵声を発している。想星の顔面に唾を吐きかけたのだろう。想星は一度、タケダに殺された。当然のことながら、タケダは想星がまだ死んでいると思っている。死体の顔に唾したわけだ。

（最低だな）

不快だが、絵に描いたような典型的な悪人の所業でしかないし、さして腹も立たない。

タケダはため息をついて、想星の右脛《すね》を軽く蹴った。想星は目をつぶったまま死体のふりを続けた。

（この殺しは、タケダにとって予定外のはず――）

屋内ではない。屋外で、しかも街中だ。どうやって死体を処理するつもりなのか。たとえば想星《そうせい》なら、姉経由で組織と繋《つな》がっている専門の業者に依頼する。タケダは誰かに連絡するだろうか。それとも、死体を放置して逃げるのか。自前で処分する技術があるのか。

「……ン？」

タケダがしゃがむ気配がした。

生き返りはしたものの、想星は両手首と両足首を紐《ひも》か結束バンドのようなもので固定されている。死ぬ前は建物の外壁を背にして地べたに座っていた。今は体が横向きに倒れている。体の右側が下で、左側が上だ。

ここは暗い。どこかのビルとビルの間。路地だ。タケダが目を凝らしても、死体の様相を事細かに見てとることはできないだろう。想星はたぶん、頭蓋骨をめちゃくちゃに砕かれ、脳みそをぶちまけて死んだ。暗いからはっきりとは見えなくても、タケダは違和感を覚えたのかもしれない。何かおかしい、と。

想星は薄目を開けた。タケダはスマホを手にしていた。ライトでも点灯しようとしているのか。両手首と両足首の拘束が厄介だが、仕方ない。想星は全身をよじって跳び起きるなり、タケダに組みついた。というより、蛇のように絡みついた。

ワッダフ×ック、ファ×ク、フ×ックとか何とか怒鳴りながら、タケダは想星を振りほどこうとする。想星はその喉笛に噛《か》みついた。

「オゥッ、ノォウッ、アァウッ……！」

（こんなこと、僕だってしたくない――）

正直、想星はタケダが恨めしかった。タケダのせいで両手足が自由に使えないし、拳銃も奪われた。長らく奥の手だった自爆用の爆薬は、以前、悪魔の手を持つ男・望月登介《もちづきとうすけ》を始末したときに使用してしまった。この状態で想星が活用できる凶器といったら、自分の歯くらいしかない。

（吸血鬼でもあるまいし――）

むろん、タケダの抵抗は激しかった。想星をすぐに振り払うのが難しいと悟ると、タケダは両目に親指を突き入れてきた。眼球は左右ともあっさり潰れた。それでも想星は顎の力を緩めなかった。一息にタケダの喉仏を噛みちぎってやった。

二人はもつれあって地べたに倒れこんだ。

想星は両目を潰されて何も見えない有様だった。ひゅこぅ、ひゅこぅ、というような音が聞こえる。タケダだ。声ではない。もう声を出すことはできないはずだ。そのおかしな音の発生源は喉に違いない。想星はちょっとだけ笑った。タケダの気管が破れて、そこから空気が漏れている。ひゅこぅ。ひゅこぅ。これはその音だ。

もっとも、タケダはまだ生きている。呼吸はできないから、溺れているようなものだ。そのうち溺死するように死ぬだろう。それでもタケダは想星《そうせい》をつかまえた。何しろまったく見えないので、想星もよくわからない。ただ、どうやら抱きすくめられているようだ。タケダは両腕、両脚で想星をがんじがらめにしている。狙いは首か。絞めている。タケダは想星を絞め殺すつもりらしい。

(やればいい……やれよ……さらにマイナス1……まあ、いい……この傷だ……どうせ、死ななきゃいけない……せいぜい、くたばる前に——)

果たして、タケダは力尽きるより早く、想星を殺せるだろうか。微妙なところだ。

(命が、減ったら……そのぶん、殺せばいいんだし……)

ひゅこぅ、ひゅこぅ、という例の音がかなり弱々しい。

タケダの腕力のほうもずいぶんと頼りない。

(簡単なことじゃないか……)

恋は暗黒。

Ø4　分け合わないみじめな細胞

どこにでもいる普通の高校生にしては、やや朝が早いかもしれない。

（また朝一で登校しちゃった……）

想星《そうせい》なりに加減はしているつもりだ。

（羊本《ひつじもと》さんの登校時間は、おおよそ推測がついてるから――）

彼女に先んじようとは考えていない。

想星は二年二組の教室を目指してひとけのない廊下を歩いた。

（一番乗りして、羊本さんが教室に入ってくるのを待ち構えるっていうのは、やりすぎっていうか。あ、いたんだ、くらいの感じがやっぱり……）

だんだんと緊張してきた。

（なるべく自然に……自然か……むずくない……？）

想星は小声で練習してみることにした。

「あ、おはよう、羊本さん。今日も早いね。あ、はいらないかな。おはよう。今日も早いね、羊本さん。うーん……おはよう。おはよう？　おはよう。どのくらいのテンションがベストなんだろ。今日も早いね、はやめたほうがいいかな。おはよう。おはよう……」

そんなことをやっているうちに、もう教室は目と鼻の先だ。

（まだ心の準備ができてないんですけど……）

あっという間に到着してしまった。

足がすくんだ。喉がきゅっと締まって、まともに発声できる気がしない。

（いや、ここはむしろ、一気に——）

想星は思いきって教室に足を踏み入れた。

誰もいない。

完全に無人だった。

「——なんでぇっ……!?」

つい絶叫してしまったが、見れば窓際最後列の席に鞄《かばん》が掛かっている。間違いない。あれは羊本の席だ。

（だいたい、下駄箱《げたばこ》も確かめたし。あったし。羊本さんの外履き。なんか、女子の外履きをじろじろ見てる自分が怖かったけど。あくまでも、有無を確認しただけだし……）

想星は深呼吸をしながら自分の席まで歩いていった。机に鞄を掛ける。椅子を引きだして座った。

（そうだよ……そうだ。誰よりも早く学校に来てるからって、ずっと教室にいるとは限らない。トイレとかさ。行ったりするだろ、羊本さんだって。そうだ……そうだよ……）

膝の上に手を置いた。

（……落ちつこう）

さらに深呼吸をする。繰り返す。

（すぐ戻ってくるだろうし。そのうちね。羊本《ひつじもと》さんのことだから——っていうのもどうかと思うけど。時間が掛かるような用事とか、なさそうだし。たいてい教室にいるしな、羊本さん。地味に、教室滞在時間の最長記録を保持してそうな……）

想星《そうせい》は教室を見回した。

ため息が出た。

「遅いな……」

口に出して言ってみる。

（ぜんぜん戻ってこないんですけど？　え？　なんで……？　おかしい……よね？　そんなわけなくない？　あれ？　僕、何か間違ってる？　や、でも……）

足音が聞こえる。

想星は笑ってしまった。安堵《あんど》したのか、嬉《うれ》しいのか。その両方だろうか。

姿勢を正して待った。間もなく一人の同級生が教室に入ってきた。

「ほはよふー」

その同級生は気の抜けたような声で独特な挨拶をした。

「……お、はよう」

想星は作り笑いで返したが、ぎこちなくなってしまった。

「美島《みしま》くん……」

「うんー」

同級生は少しふらふらした足どりで、窓際は窓際でも一番前の席へと向かった。

想星は机に突っ伏したかった。

（羊本さんじゃなかった……もちろん、美島くんには何の罪もないけど……）

美島曜《よう》は机の上に鞄《かばん》を置くと、想星のほうに顔を向けた。

「そーちゃん、早起き？」

「……そーちゃん？」

「あや。そーちゃん、だめ？」

美島はほわほわっとしていて、とらえどころがない。制服の袖がやたらと長いのは、あえてサイズの大きい上着を着用しているのか。それとも、改造しているのだろうか。

「……いえ。だめ、ということは」

「そーちゃんでいい？」

「いいですけど……」

「もしかして、誰もそーちゃんって呼んでない？」

「あぁ……呼んでないんじゃないかな。呼ばれてないと思うな……」

「慣れない？」

「そう、だね。そんなふうに呼ばれたこと、たぶんないし」

「だったら、そーくんは？」

「そ……――」

絶句してしまった。

あの暗闇での記憶が蘇《よみがえ》ったからだ。

（想《そう》くん）

かつて想星《そうせい》のことをそう呼ぶ者が一人だけいた。

（浮彦《うきひこ》……）

血を分けた兄弟で、何より友だちだった。少なくとも、浮彦は想星を友だちだと言ってくれた。

浮彦を忘れたことはない。忘れられるわけがない。浮彦にしたことを思えば、絶対に忘れてはならない。

最後に見た浮彦は血だらけで、満身創痍《まんしんそうい》だった。顔もひどいことになっていた。

あの暗闇に閉じこめられる前の浮彦が、久しぶりに思い浮かんだ。

（……美島《みしま》くんは、ちょっと……ほんの少しだけど、浮彦に似てる……）

他人の空似だろう。いや、空似と言えるほど似通っていない。細面なところや、やわらかな雰囲気、共通点があるとしたらその程度だ。あとは、声。声質が若干、似ていなくもないだろうか。

「――る？」

美島が首を傾《かし》げて妙な音声を発した。

想星は目を伏せた。

「……そーくんは、もっと違和感あるかな。なんとなく……」

「じゃ、そーちゃんのほうが？」

「そうだね」

「かぁー」

「……かぁ？」

「からすじゃないよ。からすだけど」

「う、うん……」

「あや。そーちゃん、なんか、困ってる？」

「そ……んなことは……」

なくもないが、面と向かって困惑させられていると明言していいものかどうか。

（……ちょっと変わってるな、美島くんって……）

言葉に詰まっていると、美島《みしま》は長い袖に隠れた両手をぽんと打ちあわせて、にっこり笑ってみせた。

「それでいいと思う。そーちゃんは」

（——なぜか、肯定された……）

わけがわからない。

ただ、悪い気はしなかった。

（や、だけど、僕のこと何も知らないでしょ、美島くん。こんなに話すの、今日が初めてなくらいだし……）

ようするに、美島曜《よう》は変わり者なのだろう。

「あ、ありがとう」

想星《そうせい》はとりあえず礼を言ってみた。

「なんそれー」

美島は笑いだした。

（こっちの台詞《せりふ》です……）

そのあと女子が二人、三人とやってきて、ワックーこと枠谷光一郎《わくやこういちろう》が続いた。

「チョイーッ！」

すかさず想星は敬礼のような仕種《しぐさ》をして「チョイー」を返した。

「ナイス・チョイーッ！」

ワックーは想星を指差し、片目をつぶって喜んでくれたが、女子たちが「てか、チョイーださっ」、「だるっ」と口々に言い、美島まで渋い顔をしてそれに追従した。

「わっくーそれ、そろそろもうはやらんでー」

「なんで大阪人やねん……！」

ワックーのツッコミは女子に大ウケして、美島も一緒になってきゃははと笑った。

（遅い、な……）

想星はといえば、心の底から笑うことはできずにいた。

（……羊本《ひつじもと》さんが戻ってこない……）

いくらなんでも遅すぎるのではないか。そんなこともないのか。どう考えればいいのだろう。

（だめだ――）

辛抱たまらなくなって、想星は席を立った。教室から出たところで林雪定《はやしゆきさだ》と行きあい、挨拶を交わした。想星はあてもなく先を急いでいたので、おざなりになってしまった。その程度のことで雪定は気分を害したりしない。それは承知しているものの、罪悪感が拭えなかった。

（あぁ、僕、完全に挙動不審だ。でもさ、羊本さんがさ……）

想星《そうせい》は意図的に歩く速度を落とさなければならなかった。さもないと、勝手にとんでもない早足になってしまう。

（どこだ……？　きっと羊本《ひつじもと》さんは、どこかに……隠れてる——の？　かな……？　待てよ、隠れる？　なぜに？　何のために？　違うか？　隠れてるわけじゃない？　隠れたりしないか。いやぁ？　わかんないよ？　羊本さんだしな。そう……そうなんだよ。読めないんだよね、羊本さんって。美島《みしま》くんもかなり謎な人だけど、羊本さんはまた次元が違うからな。次元？　違うのかな、次元。どうなんだろ……）

想星はあちこちに目を配って羊本を捜しながら、さもただどこかへ向かって歩いているだけというふうを装って校内を歩いた。仕事で標的を捜索したり、監視したり、尾行したりすることも少なくない。おかげで、ただ歩いている風情を醸しだすのはわりと得意だ。たとえ胸中で嵐が吹き荒れていたとしても。

（やっぱり、僕と顔を合わせたくない……のかな？　いやだけど、昨日、駅で別れたときは、けっこうなごやかっていうか。なごやか？　ううん……悪くない感じっていうか。また明日って言ってくれたし。ある？　僕を避ける理由。なくない……？）

羊本の姿が視界の隅にでも入れば、想星は気づく。見逃すことは決してない。そこは大丈夫だ。

（——でも、ここ、三年生の教室……　いるわけなくない？　羊本さん……）

平静でないと、こういったことも起こる。

想星は二年生の教室が並ぶ廊下まで引き返した。二年二組をちらっと見たが、羊本はいなかった。そのあとトイレの前を通りすぎた。直後、想星の足が止まった。

（……ただ体調がよくないっていう可能性も？　たとえば……おなかが痛い、とか。羊本さんだって、人間だもの。ポンポンがペインなのかもしれないよね。そうだよ。ポンペイかもしれないよね？　ポンペイはちょっとあれか。略し方がな。うん。イタリアかどっかの古代都市みたいだし。みたいっていうか、そのまんまか。たしか、実在するよね、ポンペイ。世界遺産？　とかだったような……どうでもいいんだけど。ポンペイは。マジ、どうでもいいし……なんか、むしろ、僕がおなか痛い……）

想星は鳩尾《みぞおち》付近をさすった。胃だろうか。痛むというより、胃が重苦しい。

（ストレスかな？　僕はストレス耐性、高めだと思うんだけどな……）

生徒たちの往来具合からして、もういい時間なのではないか。想星はポケットからスマホを取りだして時刻を確かめた。案の定だ。そろそろチャイムが鳴る。

二年二組の教室に戻ると、窓際一番後ろの席に彼女の姿があった。

「……いるし……」

全身の骨がいっぺんに消失したかのようだった。想星は奇病を疑いたくなるほどの脱力感に襲われ、戸口でしゃがみこんでしまった。

（——これ絶対、避けられてる……よね……？）

†

授業中はなるべく羊本《ひつじもと》のほうを見ないように心がけた。

見てしまうと、気になってしょうがなくなる。どうしても、ああでもない、こうでもないと考えを巡らせてしまう。

（……見なきゃ考えずにすむのかっていうと、そんなこともないわけだけど……）

想星《そうせい》としては平静を装っていたつもりだ。

それはもう、全力を尽くしていつもの、いい、い、高良縊想星を演じようとした。

（……すげー疲れる。一秒ごとに寿命が縮んでるような……や、実際、縮んではいるんだろうけど……）

昼休みになると、想星は鞄《かばん》の中からエナジーバーを出した。朝、サラダチキンと一緒に買ったのだが、そちらには食指が動かなかった。食事に味は求めないほうだが、なんとなく今、サラダチキンを食べたら、吐き気を催しそうだ。

（正直、これもあんまり……）

想星はエナジーバーをもそもそと齧《かじ》った。

（食べたくない……おなか、ぜんぜんすいてない……）

知らぬ間に羊本の様子をうかがっていた。

羊本は相変わらずだ。昼食をとろうともせず、頬杖《ほおづえ》をついて窓の外に顔を向けている。

（何か食べたりするのかな、羊本さんって。……食べるか。そりゃ。生きてるし。細いけど、そこまでなんていうか……骨と皮だけって感じでもないしな。……そんなふうじゃなかったよな……）

放課後、彼女を抱きしめた。

（――あれって、現実なのか？　夢なんじゃないの……？　なんか、信じられなくなってきた。信じたくないっていうか。あんなこと、しなきゃよかった……ような気も。学校では、ずっと平和に過ごしてたのに。平和が一番なんだよ……）

胸が苦しくなってきた。胃もずっしりと重い。

想星は羊本から視線をそらして、隣の席でおにぎりを食べている雪定《ゆきさだ》を見た。

「今日は、ツナとたらこ？」

「うん」

雪定はツナのおにぎりを頬張っている。にこやかだ。

（すごくおいしそうに食べるんだよな。おにぎり……）

癒やされる。

「おにぎり大好きなんだよね、雪定《ゆきさだ》」

「大好きだねえ」

「最高、何個食べたことある？」

「え、何個だろう。二十個くらい？」

「そんなに!?」

「おにぎりとお寿司《すし》だったら、おれ、無限に食べられるよ。回転寿司で、七十皿食べたことあるし」

「七十……」

「チャーハンとかカレーライスも、ずっと食べてられる。きりがないから、そんなに食べないようにしてるけど」

「雪定って、実は大食いの人？」

「でも、ご飯系じゃないと、そんなには食べられないからなぁ。ラーメンなんかだと、せいぜい五杯とか」

「……それでも十分すごいと思うよ？」

「そうなの？」

「太ったりしないんだね……」

「ううん。太るよ。食べたぶんはちゃんと体重が増えるから」

「そりゃそうか」

「出しちゃえば戻るけどね」

「だったら、太ってなくない……?」

　雪定と話しているうちに胃が軽くなった。サラダチキンはちょっと無理かもしれないが、エナジーバーだけなら食べられそうだ。

「正体を隠していた忍者が身バレしました！　高良縊《たからい》、なぜ……!?」

　いきなりワックーが想星《そうせい》にお題を振ってきた。少し前からクラスで流行《はや》っている、突然の大喜利が始まったようだ。

「……ええっ……とぉ……うっかり運動会で、百メートル十秒切っちゃった……とか?」

「足、速いだけじゃん！」

　ワックーはツッコみながらも笑ってくれた。おかげで大スベりした空気にはならずにすんだ。

「じゃ、次、林《はやし》！　正体を隠していた忍者が身バレ！　なぜ!?」

「写し身で同じクラスの人に成り代わってたら、たまたまその人に出くわしちゃった」

　雪定はすらすらと答えてから、含み笑いをした。

「ないか。そんなこと」

「……いや、俺、忍者じゃねえし、わからんけども！」

ワックーが大袈裟《おおげさ》に返すと、そこかしこで笑いが起こった。雪定《ゆきさだ》も笑った。

「すごいよね、ワックーは。おれがピント外しちゃっても、勢いでちゃんとおもしろくしてくれるもん」

「あぁ、たしかに。……雪定がよくピント外すって意味じゃないよ？」

「ふふっ」

雪定は口を押さえた。何かがツボに入ったのだろうか。想星《そうせい》にはよくわからないが、やけに愉快そうだ。

「お題が忍者の身バレとか。ふふっ……」

（……微妙に変わってるところ、あったりするんだよな。雪定も）

わりと、そんなものなのかもしれない。

（同じ人間なんて一人もいないし。みんながみんな、極端に変わってるわけじゃないけど、大なり小なり、それぞれ違う。僕は——学校ではなるべく普通に過ごしたい……でも、その普通って、いったい何なんだろ……）

想星はふと窓際の席に目をやった。何げなく、だ。とくに意図はない。ふと見てしまう。自動的に視線が羊本《ひつじもと》くちなへと向かう。

（なんか、重症だ——）

心臓がぎゅぎゅっと収縮して、いっぺんに絶望的な気分になった。

いない。

席に、彼女が。

（だから、どうした――っていうんだ……）

想星は自分に言い聞かせた。

（羊本さんだって、ひたすらずっと座ってるわけじゃない、席を外すことだってあるし、いなくたってべつに――）

こんなことでショックを受けるほうがおかしい。理屈ではわかっている。それなのに想星は、首のストレッチをするふりをして教室の中を見回している。彼女を捜している。見つかるとは思っていなかった。彼女はもういない。きっとどこかへ行ってしまった。

違った。

いた。あるいは、まだいた、と言うべきかもしれない。後ろの出入口だ。彼女は教室から出てゆこうとしている。その間際だった。

想星は我知らず立ち上がった。椅子を下げずに立ったものだから、腿《もも》が机にぶつかった。音を立てて机がずれた。

羊本は静かに教室をあとにした。

「想星？」

雪定が不思議そうに想星を見上げている。

「……うん」

想星《そうせい》は曖昧にうなずいた。椅子に座り直してから、食べかけのエナジーバーをきつく握り締めていることに気づいた。エナジーバーは少し形が崩れていた。

「どうしたの？」

雪定《ゆきさだ》に訊《き》かれて、想星はどうもしないとか何とか答えはしたものの、自分の言葉にまったく説得力がないという自覚はあった。間が持たなくて、変形したエナジーバーに口をつけてみたら、びっくりするほど味がしなかった。

「さすがに飽きてきたな、これ……」

明らかにそういう問題ではない。

（――のに、何を言ってるんだ、僕……）

自分自身を制御できなくなりつつある。

（めんどくさがってこういうものしか食べてないから、栄養が偏ってるか何かで……）

それどころか、すでに制御できていない。その証拠に、何の罪もないエナジーバーに八つ当たりしている。

（いや、必要な栄養素は摂取してる。サプリなんかも飲んでるし……）

「――そっか。あれがいいかな、これにしようかなっていちいち選ぶのは、それなりに手間だもんね」

雪定が何かしゃべっている。

「うん……」

想星はとりあえず相槌《あいづち》を打った。

（え？）

一気に汗が噴きだした。

（何の話……？　ぜんぜん聞いてなかった……）

「効率重視なのかな」

「あぁ……かも。効率ね。大事だしね、効率は……」

「想星」

雪定はよく笑う。しかも、色々な笑い方をする。

今もそうだ。雪定は笑みを浮かべている。でも、笑っていない。

「あんまり無理しないほうがいいんじゃない？」

「……無理――って……」

「めちゃくちゃ何かあるのに、無理して何もないことにしようとするのって、たぶん疲れると思うよ」

口角は上がっているし、目もいくらか細められている。それでいて、笑っていないように感じられる。眼差《まなざ》しだろうか。鋭くはない。ただ、強い。

「何も――」

想星《そうせい》はとっさにごまかそうとした。

顔面が引きつって、左目だけつぶりかけている。

(ごまかしようないだろ、この有様で……)

想星は食べさしのエナジーバーを半分破れた包装紙に包み直し、一つ息をついた。

「……食欲、なくてさ」

「おれは、食べたくないときは食べないかな」

雪定《ゆきさだ》はたらこのおにぎりに取りかかった。

「そんなにないけどね。米なら基本、いつでも食べたいから」

†

(無理しても、疲れるだけ……)

昼食を不完全に終えると、想星は一人で教室を出た。

(どっちにしても、僕は羊本《ひつじもと》さんが気になる。じっとしてるより、捜し回ってるほうがまだ気が休まる――)

とにかく、二年二組の教室を基点として、あちこちに移動してみた。

一度、廊下の先に彼女の後ろ姿がちらりと見えた。ほんの一瞬だった。見失ったというより、逃げられたのではないか。想星は駆け足に近い速度で追いかけたのだが、彼女をつかまえられなかった。

（間違いない、よね……）

紆余曲折《うよきよくせつ》を経て、想星は渡り廊下に辿《たど》りついた。

（羊本さんは、僕を避けてる……）

渡り廊下の胸壁に手をかけてグラウンドのほうに目をやっていると、鼻の奥が熱くなってきた。

（泣いてどうするんだよ……）

想星は洟《はな》を啜《すす》った。

（もちろん、この程度のことで泣いたりしないけど……）

目をつぶってゆっくりと呼吸をする。精神を落ちつけるのだ。無念無想、無我の境地に至りたい。

（……無理だって。だいたい僕は、あれだ……柄にもなく、期待しちゃったんだろうな。僕にしては楽観的すぎたよね。らしくないよな。友だちになってとか、羊本さんに言っちゃったりして。なれるわけなくない？　よりにもよって、僕と羊本さんだよ？　そもそも、僕にとっての友だちって、学校で多少話すくらいの関係でしかないし……）

閉じた瞼《まぶた》がぴくぴく痙攣《けいれん》しはじめた。

（……どの面下げて、友だちになってくれませんか、とか。僕にはちゃんとした友だちがいないじゃないか。いたことないじゃないか。浮彦《うきひこ》が僕に言ってくれた友だちっていうのも、違う気がするし。たしかに羊本《ひつじもと》さんと僕は、境遇が似てるのかもしれない。お互い特殊な仕事をしてるわけだから。だから、友だちになれるとでも……？）

想星《そうせい》は両手で顔を覆った。尻がずるずると降下してゆく。しゃがむどころか、座りこんでしまった。

（……浅はかにも程があるだろ。馬鹿だ。僕は馬鹿だ。大馬鹿だ。考えてみたら、あの仕事をしてる者同士だからこそ、友だちになんてなれないだろ。人殺しの本性を隠してるから、学校なんか通っていられる。知られたら、とうてい普通の高校生のふりはできない。人殺しと人殺しが、友だちに……？　はあ？　何だよ、それ。どんな友情だよ。お笑い種《わらいぐさ》だ……いや、笑えないか。そうだよ。笑えない。ちっとも面白くないだろ。誰も笑わないよ。ブラックジョークにしても悪趣味すぎる。人間らしい心が欠片《かけら》でも残っていれば、人殺し同士で友だちごっこなんかできない。てことは……僕を避けてる羊本さんは、むしろまともなんじゃないか？　おかしいのは……僕だ。人を殺しすぎて、変になっちゃってる。羊本さんと違って、僕には人間らしい心が微塵《みじん》もない。きっと、僕は正真正銘の人でなしなんだ……）

「あっ。想星、発見！」

自己嫌悪と羞恥の底なし沼から強制的に引っぱり上げられた。

「――っ……!?」

想星は跳び上がって目をしばたたいた。渡り廊下の向こうに白森明日美《しらもりあすみ》がいる。モエナこと茂江陽菜《しげえひな》も。白森は笑顔で手を振りながら、ぱたぱたと想星のほうへ歩いてくる。モエナはいかにも仕方なく白森に付き添っているというふうだ。

「想星、いた？」

「……え？　いた？　板――何の……？」

「何の、じゃなくて」

白森は想星がとびきりの一発ギャグでも披露したかのように笑った。そうやって笑っている白森は直視厳禁の太陽のように眩《まぶ》しい。

（まあ、普段からまともに見られませんけど――）

「いた？　羊本さん」

「……ひ？」

想星は眉間のやや上あたりに右手の中指を押しつけた。これは何のポーズだろう。想星自身、わからない。

（ひつじもとさんって言った？　それとも、僕の脳がバグった……のか？）

「うん」

白森《しらもり》はうなずいてみせた。

「羊本《ひつじもと》さん。想星《そうせい》、捜してたんじゃないの？」

「……どうして」

「やっぱり！」

うける、と腹部を押さえて笑う白森に、想星は問いたい。いや、問いたくはない。というか、問いたい気持ちはあるが、何を問えばいいのか皆目見当がつかない。

「あたしさ、あすみんのそういうとこ……」

モエナはご機嫌斜めのようだ。白森が小首を傾《かし》げる。

「あたしの？　どういうとこ？」

「ほっといたらよくない？　だって、関係ないじゃん」

「んー」

白森は下唇を軽くさわった。

「友だちのことだし、関係なくはないよ？」

（……友だち）

白森がそう思ってくれているのは想星としては嬉《うれ》しい。光栄だし、喜ばないわけにはいかない。大変ありがたいのだが、申し訳なさもこみ上げてくる。それに、こそばゆい。

「あとあたし、興味があって」

「興味？」

　モエナは尋ねながらポケットから何か出した。もしかして、飴《あめ》か。モエナは飴の個別包装を破いて中身を口に入れた。あまりにも自然な動作だったから、人によっては気づかないかもしれない。

「前から興味あったんだよね。羊本さん」

　げんに白森は、飴について指摘するでもなく話を続けた。

「話したことないし、色々謎でしょ」

「謎は謎だけど。話とかできなくない？　おっかないし……」

　モエナは口の中で飴を転がしている。でも、声にはまったく影響がない。

「友だちとか一人もいなそうだよ、羊本さん」

「いないのかな？」

　白森は想星に向き直った。

「友だち。羊本さん」

「……僕に、訊《き》かれても……」

　想星はうつむいた。

「……な、なんていうか、その……答えようがないっていうか……」

「そうなの？」

「……そう――なんだよね。どうも、僕、避けられてる……っぽくて」

「何かした？」

「あぁ……いやぁ……どう、かな。うーん……正直、わからないんだけど……」

「羊本《ひつじもと》さんって」

モエナが口を挟んだ。

「放課後、よく一人で教室にいるよね。何回か見たことあるんだけど。何してるんだろ」

「何、してるんだろうね……」

想星《そうせい》は慎重に言葉を選んだ。

「……僕も、はっきりしたことは言えないけど。よくっていうか、ほぼ――だいたい毎日、教室に残ってるみたいで。何を、して……座ってる？　のかな……」

「謎！」

白森《しらもり》は目を瞠《みは》って両手で左右の頬《ほお》をぺちぺちと叩《たた》いた。

（……妖精なのかな？　その仕種《しぐさ》――）

かわいい、と思ってしまう自分の罪深さに、想星は内心、悶《もだ》えた。見れば、モエナの表情が緩んでいて、やたらと血色がいい。たぶん、あすみんは本当にかわいいなあ、といったような感慨にふけっているのではないか。

「やばい！　謎は深まるばかりだよ！」

どうか、そんなふうにぴょんぴょん跳んだりしないで欲しい。

（他意は本当にないんです……）

想星は目頭を押さえた。

（ただひたすら、圧倒的にかわいい……）

「あたし、話しかけてみよっかな！」

突然、そんなことを言いださないでもらいたい。

「えっ――」

びっくりしてしまうので。

「……話しかけ――しらもっ……あすみん、が……？　です、か……？」

「また敬語！」

白森はひとしきり笑ってから首肯した。

「うん。羊本さんにアタックしてみよっかな。だめ？」

「や……だめ、とか――」

想星は顔をしかめて唸《うな》った。

「だめ？　それは……何だろう、僕が言うようなことじゃないというか……僕には、口出しをする権利も資格もないといいますか……」

我が無名神中央高校《むなかみちゅうおう》二年二組のかわいい生物は、単にかわいすぎるだけではない。走りだすと決めたら、彼女は止まらないようだ。

†

その日最後の授業中、白森明日美《しらもりあすみ》は見るからにそわそわしていた。想星《そうせい》は正直、あそこまで落ちつきなく窓際最後列に目をやったり、肩を上下させたり、全身をゆらゆらさせたり、何度も何度も、ふう、と息をついたりする高校生を初めて見た。そわそわという言葉の意味が知りたければ、辞書を引くよりも彼女を観察したほうがいい。白森はそわそわという状態をまさに体現していた。あれがそわそわする、ということなのだ。

（……そわそわするっていうのは、かわいいってことでもあるんだな……）

一方で、そんなふうにも思う想星だった。

（違うか……）

首を振る。

断じて違う。

（あすみんがそわそわしてるからかわいいだけで、たとえば僕が同じようにそわそわしてたら、激烈に気持ち悪いだけだ……）

白森は誤解のしようがないほど意気込んでいる。

果たして、想星は制止しなくていいのか。

（……そこだよね。考えても考えても、わっかんない。いや、僕が止める筋合いじゃないんだけどね？　それはそれとして……本当は止めたほうがいい、止めるべきなんじゃないかっていう。だって、あすみんに声をかけられたら、羊本《ひつじもと》さんは――）

おおよそ想像がつかないわけではない。

（十中八九――ていうか、ほぼ百パー、いわゆる塩対応……）

結果は目に見えている。

想星の予想では、ぎこちなく世間話をするような流れにさえならない。白森は羊本に無視される。それか、睨《にら》みつけられる。仮に羊本が返事をしたとしても、拒絶以外はまずありえないだろう。

（傷つくだろうな、あすみん……）

それだけではない。

（……羊本さんだって、たぶん傷つくんだ）

あのチートはきわめて危険だ。さりとて、これこれこういう事情で、と説明するわけにもいかない。だから羊本としては、問答無用で突っぱねるしかないのだ。近寄る者を剃刀《かみそり》のような眼差《まなざ》しで斬りつける。罵声を浴びせる。そうやって他者を遠ざけるしかない。

（どう転がっても、幸せな結末は訪れそうにないわけだし……やっぱり、やめといたほうがいいって、あすみんを止めるべきなんだよ、僕は。そうだ——）

程なく授業が終わる。白森《しらもり》の様子からして、すぐに行動を起こしそうだ。

（まだ間に合う。止めたほうがいい。止めよう。あすみんを止めるんだ。え、なんで、とか言われそうだし、納得してくれないかもしれないけど、あすみんのためにも、羊本《ひつじもと》さんのためにも、止めるべきだ——）

想星《そうせい》は意を決した。

途端に心が揺れはじめた。

（……余計なお世話かな。そうだよな。あくまでもあすみんがどうしたいか、どうするかって話だもんな。僕が口出しするのもね。僕なりに二人を心配してるつもりだけど、それが本当に二人のためになるのかっていうと、自信ないし。そうなんだよな。自信が……だって、僕だし。僕ごときの考えが正しいとは、ちっとも思えない……）

そうこうしているうちにチャイムが鳴った。白森が席を立ち、「あっ……」と赤面して座り直した。授業は終わったが、このあと担任が来て帰りのホームルームが行われる。たいていは生徒に連絡事項を口頭で伝達し、挨拶をして終わりだ。

担任の大平《おおひら》先生が教室に入ってきて、やや特徴のある籠もった声で「えぇー、今日はとくにー……ありません」と言った。

「ないんすかーい！」

ワックーがツッコんで、さらに「いや、ナイス・スカイみたいに言うなー！」とセルフでツッコみを重ねると、方々から「つまんねー」という声が上がって教室が沸いた。

（最近のワックー、スべることを恐れないで、それを笑いに変えるスタイルに……）

などと感心している場合ではない。

「はーい、それじゃ……」

大平先生がそこまで言ったところで、学級委員長の蓼志奈《たでしな》さんが「きりーつ、礼」と号令を掛ける。

「おぉっ……」

大平先生が「早いよぉ、委員長……」と慌てて頭を下げる。

「はい、みんな、さようならぁー」

「さよならー」「奈良ー」「奈良って何だー」「ならーっす」「さようならー」

以上は二年二組で毎日のように繰り返されていて、ほとんど恒例行事と化している。あとは各々、椅子をひっくり返して机の上にのせ、教室後方に移動させたら、その日の当番が掃除を開始するというのが通常の流れだ。

想星は手早く自分の席を片づけて、窓際の最後列を一瞥《いちべつ》した。

（……いない。羊本さん——）

これから掃除だからか。その間、おそらく羊本《ひつじもと》はいつも教室の外にいる。掃除が終わったら戻ってくるはずだ。

(その、はず……)

何やら胸騒ぎがする。

「想星《そうせい》!」

席を片づけ終えた白森《しらもり》とモエナが想星に駆け寄ってきた。

「ひょっとして、羊本さん、帰っちゃった……?」

「や……」

想星は羊本の机を確かめた。

鞄《かばん》がない。

「……どう……だろうね。うーん……とりあえず、鞄はないみたい……」

「ええっ。あたし、出てくとこ、見てないんだけど!」

白森は目を丸くしている。

「素早っ……」

モエナはそう呟《つぶや》いた直後に、さりげなく飴《あめ》らしきものを口の中に投入した。

(……今? ていうか、モエナさんもなかなか素早いと思うけど——)

想星はあらためて壁際まで押しやられた羊本の机と椅子を見た。

（帰ったな。羊本さん……）

まんまと出し抜かれた感はある。同時に想星は安堵《あんど》してもいた。

（半分くらいは止めるつもりだったし――）

ある意味、これでよかったのではないか。

「むぅー……」

白森は眉根を寄せて腕組みをした。足を肩幅くらいに広げている。

「羊本さん、だいたいずっと教室にいるんだよね？　待ってたら戻ってくるかな？」

「いやぁ、それは……」

ないのではないかと想星は思うが、いささか言いづらい。

「戻ってこないよ」

代わりにモエナが断言してくれた。

「羊本さんは高良縊《たからい》のこと避けてるんでしょ？　それで、さっさと帰ったんじゃない？

あたしが羊本さんでも、たぶんそうするし」

急に想星の胸が痛みだした。

「てことは、僕のせい……」

「そ、そういうことじゃなくて」

モエナはフォローしようとしてくれたが、「想星かぁ！」と白森に指をさされた。

「そうだよ。きっと想星《そうせい》のせいだよ。想星が避けられてなかったら、普通に羊本《ひつじもと》さんと話せたかもしれないもん」

「……んん、普通に、は――どうかな……」

「想星に羊本さんの何がわかるの⁉」

「あすみんもわからなくない？」

モエナの言うとおりだ。

（ていうか、さすがに僕のほうがまだ、羊本さんのことを理解してる……と、思いたいけども――）

「あたし、意外と話が合いそうな気がするんだよね、羊本さんと」

何か確信がありそうにうなずいてみせる白森《しらもり》の論拠はどこにあるのだろう。想星には推し量ることもできない。

「……そ、それは、どういう？」

「なんとなく」

どうして笑顔でそんなふうに言いきってしまえるのか。

「授業中とか、シミュレート？　してみたんだけど。いい感じで話せそう。羊本さんって、独特っていうか、個性的でしょ。ああいう人、あたし、好きだし。考えれば考えるほど、興味しかないっていうか。むしろ、なんで今まで友だちにならなかったのかな？」

「なんで――でしょうね……」

　想星は呆然《ぼうぜん》としてしまった。

「わかる？　高良縊《たからい》」

　モエナはため息をついた。

「こういう子なの、あすみんは。この調子で、高良縊のこと延々聞かされてたんだから。すごかったんだから」

「延々って！」

　白森はふくれっ面になって、モエナの肩を軽く肘で押した。

「たまに相談して、話し相手になってもらってただけだし！」

「多いときで週四とか週五は、たまにじゃないから。その内容も、こう言ったらこう返ってきてこうしてこうなってとか、ほぼほぼどころか、ぜんぶ妄想だよ？　妙にリアルだったし。もう小説でも書いたらって、言わなかった？」

「言われた！　モエナがそんなふうに言うならって思って、あたし、書いてみたもん。残ってるよ。読む？」

「それはかなり読んでみたいんだけど……」

「恥ずかしいから、絶対だめ！」

（……僕も読んでみたい……）

小説はともかく、想星《そうせい》は感銘を受けていた。

(あすみんは、なんていうか……まっすぐにも程がある。こんなに正直な人がいるんだ。無垢《むく》すぎるだろ。やましいことなんて、ただの一つもないんじゃゃ……？　それで、この見た目。神様なんかいない。いたら、こういう人間は生まれてないでしょ。神様は不平等だって叩《たた》かれまくって炎上するのが目に見えてるもん……)

想星がしみじみと感じ入っている間に、白森《しらもり》は帰ることにしたようだ。教室をあとにしようとしている白森とモエナが、振り返って怪訝《けげん》そうに想星を見た。

「想星は？　まだ帰らないの？」

「あ、はい。いえ。帰ります……よ？」

そんなこんなで一緒に下校する形になってしまった。

(ま、まるで……これじゃ、まるで——友だちみたいじゃないか……)

いいのだろうか。自分のような者が。想星はどうしても後ろめたさを拭えなかった。

「でもあたし、ちょっと燃えてきたな」

「ええ。やめてよ、あすみん……」

「障害が多いほど恋は燃えるっていうし」

「恋ではなくない？」

「違うかぁ。でも、似てなくもないよ？」

白森とモエナは後ろ暗い想星をしりめに、時速一キロかそこらの低速で歩きながら盛り上がっている。

「なんかさ、今どき恋は対象が異性じゃなきゃってことはないし、いわゆる恋愛みたいな感じ限定ってこともなくない？」

「いくらなんでも幅広すぎだって」

「モエナのおいしいもの大好きな気持ちだって、恋の要素あったりしない？」

「ないよ。ない、ない」

「スイーツのこと考えたら、ときめくでしょ？」

「それはぁ――ときめく、けど……」

「あたしは今ときめいてるよ」

「羊本《ひつじもと》さんのこと考えて？」

「うん。だからね、羊本さんと友だちになりたいっていうこの感情だって、恋の一種といっても過言じゃないと思う」

「いやぁ。恋かぁ。さすがに違《ちが》くない……？」

「前に羊本さんが現国で教科書音読したんだけど、そういえば、いい声だったなって」

「それ、たぶんわりとレアケースだよ。よく覚えてるね、あすみん」

「抑揚っていうのかな、乏しめなんだけど、胸にすっと入ってくるっていうか――」

（羊本《ひつじもと》さんの、声……）

たしかに、白森《しらもり》が言うとおり抑揚がない。声を張る、という表現がある。よく通る大きな声を腹から出す、といったような意味だろうか。ワックーなどが当てはまる。羊本はまったく声を張らない。吐息に近い声だ。無理に作られたような音ではない。聞きとりやすくはないが、作為が感じられない。

（胸にすっと入ってくる――いい声、か……）

羊本は正直者ではない。想星《そうせい》と同じように。とても正直ではいられない仕事をしている。でも、嘘《うそ》つきではない気がする。

（元町《もとまち》の家で、羊本さんが夢の話をしてくれた――）

大勢が出てくる夢。知っている人。知らない人。その人たちは羊本の友だちだったり、家族だったりする。人びとは逃げ惑う。羊本はその人びとにふれてしまう。すると、彼ら、彼女らは死んでしまう。人びとは逃げ惑う。羊本はその人びとにふれてしまう。わざとじゃない。そう言い訳をしながら、羊本は一人、また一人と殺してゆく。そして、最後の一人。地上には羊本ともう一人しか残っていない。羊本は最後の一人を殺そうとする。

『――みんなわたしが死なせてしまった。わたしが殺した。あなた一人、この地上に残すほうが、かえって残酷だとわたしは思っている。あなたも殺してあげないと』

想星は羊本の声をはっきりと思いだすことができた。

『そのほうがいいの。わたしだけなら――この世にわたし以外、誰もいなければ、何も怖くない』

あれは嘘ではない。羊本の本音だ。想星はそう信じている。

（……万が一にもあんな悲劇を起こさないために、羊本さんは人を寄せつけないようにしてる。そんなの、寂しすぎるだろ……）

白森とモエナは地下鉄の駅のホームまでしゃべり通しだった。想星は話を振られたときに答えるくらいで、あとはもっぱら相槌《あいづち》を打っていた。

「作戦、練らなきゃだよね」

「何の作戦？」

「羊本さんとお近づきになろう大作戦？」

「お近づきって……」

「想星、いいアイディアない？」

「……えっ――」

白森に指名されたからには、何かひねり出すしかない。

「アイディア……作戦……ううん……そうだね……タイミング的には、朝とか……」

「羊本さんって、朝早そう」

「たぶん、一番乗りだったりすることが多いかな……」

「それじゃ、めっちゃ早起きして待ち伏せするとか？」

「まあ……そうだね、うん。できるだけ、気配を悟られないように……？　さりげなくっていうか。けっこう難しいけど……」

列車が来て、乗りこんだ。想星《そうせい》は二駅先の静町《しずかまち》駅で東西線から南北線に乗り換える。白《しら》森《もり》はそのまま東西線のはずだ。

車中はそこそこ混みあっていた。乗客は学生が多い。想星と白森、モエナは並んで吊革《つりかわ》に掴《つか》まった。

「とりあえず、明日は朝一かな」

白森はどうやら本気で作戦とやらを決行するつもりのようだ。

「モエナ、玄関の鍵って、何時に開くの？」

「知らないけど、七時半とかじゃない？」

「じゃ、七時半集合ね」

「早いって！　朝ご飯、ちゃんと食べられないよ」

「モエナの場合、それは死活問題か」

「生きるか死ぬかだよ」

「だよね。想星は？」

「僕っ……？」

地下鉄の車窓に映る想星の口が菱形《ひしがた》になっていた。これはもはや変顔だ。

「……も？　です——かね……七時半……ぜんぜん可能だけど……」

「想星は早起き？」

「それなりに……」

「あたしも、無理とは言ってないから！」

やはりモエナも来るらしい。

（——僕としては、そのほうが助かる……かな？　いや、確実に助かる。しかし、作戦って。うまくいくのか？　どうなんだろ。羊本《ひつじもと》さんだからなぁ……）

「でも——」

モエナがこれ見よがしにため息をついた。

「ほんっっっ……とに、なかなかしつこいよね。こういうときのあすみんって」

「それ、ママによく言われる」

白森はどこ吹く風どころか、ちょっと誇らしげだ。

「明日美《あすみ》は執念深いって。わりとあきらめが悪いんだよね、あたし」

Ø5 IMITATION LOVERS

木野下璃亜武《きのしたりあむ》はアメリカ生まれの日本人だ。

入国の経緯は不明。三年ほど前から日本で活動を開始した。姉曰《いわ》く、木野下はこの約三年間で十一人の失踪に関わっている。そのうち三人は、闇サイト経由で依頼を受けて殺害したらしい。

想星《そうせい》は強化ガラスの向こうにひしめている小さなぬいぐるみにざっと目を走らせた。この一角にはクレーンゲームが並んでいる。景品の大半はアニメやゲームなどのキャラクター商品だ。想星はその分野に造詣が深くない。きわめて浅い。それでも想星なりに景品を物色している。

──わけではない。

クレーンゲームのコーナーから見える場所に、音楽ゲームのコーナーがある。マッシュルームカットの小柄な男がプレイしているあれは、何のゲームなのか。音に合わせて鍵盤を押したり、ターンテーブルをさわったりしているようだ。

あのマッシュルーム男、さっきは音楽に合わせて踊っていた。軽快な身のこなしで、なかなか見事なダンスだった。

（若い……よな。木野下璃亜武。記録上は二十七歳だっけ。とてもそうは見えない。まるで子供みたいだ）

想星はゲームセンターで木野下璃亜武とおぼしき人物を尾行、監視しているのだった。

（ていうか、めちゃくちゃ楽しそうに遊んでるんだけど。もう一時間以上、色んなゲームしまくってる……）

『――で、どうなの？』

姉がイヤホン越しに訊《き》いてきた。

「どうもこうもないですけど」

想星が小声で答えると、姉が『あら』と呟《つぶや》いて愉《たの》しげな笑い声を立てた。

『ご機嫌斜めね、想星』

「……僕がですか？　そんな。とんでもない……」

『組織は彼もNG系だと踏んでいるのよ。苦心惨憺《くしんさんたん》してNG系を一人始末したおまえなら、見極められるはずよね』

「あ、姉さん、仕事しますね。動きがありそうなんで――」

『そうしてちょうだい』

「はい……」

『くれぐれも優先順位を間違えないで。こんなこと、私も言いたくないのよ、想星』

(だったら言わなきゃいいだろ)

思うだけだ。下手に反論したら、何倍どころか何十倍になって返ってくるかわかったものではない。

マッシュルーム男はようやく音楽ゲームに飽きたようだ。次はどのゲームで遊ぶのだろう。メダルゲームを眺めている。プレイするのか。

(――いや)

五分ほど店内をぶらついたあげく、マッシュルーム男はゲームセンターをあとにした。

(問題は、こっちに気づいてるかどうか、だな……)

今のところ、木野下璃亜武《きのしたりあむ》はそういったそぶりを見せていない。

(そもそも、本当にNG系なのかっていう……)

頭髪は地毛なのか染めているのか赤に近い褐色で、オーバーサイズの衣服を身につけている。靴は動きやすそうなハイテクスニーカーだ。バッグの類いは持っていない。

似たような風体の若者が、午後九時の歓楽街にはいくらでもいる。

(一人で遊び歩いてるっていうのが、めずらしいと言えばめずらしいか――)

そこは想星《そうせい》もときに気をつけなければならない部分だ。老若男女を問わず、単独で長時間行動している者は、決して多数派ではない。待ち合わせ中を装うなどしないと、街中で浮いてしまうことがある。

（あの男はかなり溶けこんでる。どこかそのへんに住んでて、遊び慣れてる日本人の若者にしか見えない……）

これで、友人らしき男女と合流して飲みに行きでもしたら、こうやって尾行しているのが馬鹿馬鹿しくなってしまうだろう。

（いっそ、そうしてくれたら――）

明日は早く家を出なければならない。七時半までに学校に着かないといけないのだ。

（仕事なんかしてる場合じゃないんだよ……）

もちろん、そんな気持ちが紛《まぎ》れもなくあるからといって、仕事をおろそかにするわけにはいかない。

NG系。アンソニー・タケダ。あの男は思ったよりも手強《てごわ》かった。

手こずった要因は、明らかに无重力方式《No Gravity System》とかいうチートだ。重力に抗《あらが》う。わりと想定しやすそうだし、なんとかなるだろうと考えていたのだが、甘かった。実際はそうとうやりづらい。脳があたりまえに受《う》け容《い》れている物理法則をことごとく裏切ってくるので、まさしく勝手が違うのだ。

（ゲーセンで観察した範囲では、足音を立てないってこともないし、身のこなしもまっとうだった――）

あのマッシュルーム男は本当にNG系なのだろうか。

確信が持てないまま尾《つ》けてゆくと、木野下璃亜武《きのしたりあむ》はバッティングセンターに入った。

（一人で、バッティングセンター……）

やむをえない。想星《そうせい》も入店した。混みあってはいないが、がらがらでもない。木野下はもうレーンに入っている。想星は隣のそのまた隣のレーンに入ってバットを握った。

「うぁっ。……くぁっ。……んっ、くそっ……！」

木野下は球が飛んできてバットを振るごとに声を出している。適当に打ち返すだけの想星と違って、かなり楽しんでいる様子だ。

（あと、日本語が自然だな――）

たまに笑い声も聞こえてきた。「やったぁ！」と無邪気に喜んでいる。

（十人以上、殺してるかもしれない。仕事以外で八人。快楽殺人者の可能性もある……）

そんなふうには見えない。だからといって、それはないと断じるべきではない。少なくとも、現時点では。

木野下は六十球打つと満足したようだ。その後、トイレに寄ってからバッティングセンターを出た。

「次はどこ行くのかな……」

つい呟《つぶや》いてしまった。当然、姉が聞き逃すはずもない。

『どこへ行こうと目を離さないで。こんなこと、いちいち言わせないでちょうだい』

「……ごめんなさい」

『いいかげん姉離れして欲しいものだわ』

「え？　僕一人で仕事するってことですか？」

『もし私がいなくなったら、自分で生計を立てないといけないでしょう？』

「……それは、まあ」

『ひょっとして、いつまでも私に面倒を見てもらおうと思っているのかしら』

「いや、そんなことは……」

『よぼよぼのおじいさんになったおまえに、私があしろこうしろと指示を出している様《さま》を想像しちゃったわ。笑えないわね』

「笑えないですね、たしかに……」

　実現するとしたら遠い未来だ。

　あまりにも遠すぎる。

（……姉離れか。するならもっと早くしたいよ。僕としては、明日でもべつにいいんだ。そうしたらこの仕事から足を洗って、それで……高校卒業したら就職かな、やっぱり。大学、行ったほうがいいのか？　専門学校っていう手もあるか。でも、学費は……どうしよう。お金。僕が使えるだけでも、すぐに困るってことはないけど。口座に百万は入ってる。百万……って、何ヶ月生活できるんだ？　一年は厳しいかな。どうなんだろ……）

木野下《きのした》は飲食店が建ち並ぶ一角に差しかかった。バーにでも入るのか。ビル一階の出入口とは別にある地階への階段を下りてゆく。立て看板がある。「CLUB JEED」というのが店名のようだ。

「姉さん、クラブに入りました」

『おまえも楽しんできたらどう？』

「そうですね……」

姉の皮肉だということはわかっている。想星《そうせい》は立て看板の脇を通って階段を下りはじめた。蛍光灯はショッキングピンクで、壁中にチラシのような紙がべたべたと貼られている。何の音楽だろう。腹の底に響く重低音だ。

階段の先の扉を開けて中に入ると、暴力的な爆音が襲いかかってきた。想星がつけているイヤホンにはノイズキャンセルの機能も備わっている。効き具合を調節することもできるが、どうしても外音を拾いづらくなるし、使うかどうか迷うところだ。

広い店ではない。客は三、四十人。クラブといっても、DJブースがあって踊れるスペースを備えたバーのような形態らしい。

木野下はカウンターのところにいた。酒か何か注文しているようだ。グラスを受けとると、音楽に合わせて踊りはじめた。

姉が何か言っている。聞きとれないし、とりあえず無視するしかない。

想星はできるだけ壁際を移動しながら木野下の動向をうかがった。

(しかし、さすがに場違いだな、僕……)

DJがかけている曲は主にヒップホップだ。客たちもだいたいそれっぽい恰好《かっこう》をしていて、ノリにノッている。

木野下は踊りながら酒を呷《あお》って、またカウンターに行った。別の酒を頼んだようだ。

(何が楽しいんだか……)

不思議になるほど、木野下は燥《はしや》いでいる。少なくとも、そうとしか見えないように振舞っている。

カウンターの中にいる店員の視線を感じたので、想星は金を払って適当な銘柄のビールをもらった。

(飲まないけどね……)

端のほうに空いている席を見つけて座った。店内はかなり暗いし、あちこちで踊っている男女が目隠しになってくれる。木野下は想星に気づいていない。おそらくは。

結局、木野下は一時間ほど飲んで踊っただけで「CLUB JEED」を出た。

「姉さん……」

『ええ』

「一人で夜遊びするのって、おもしろいんですかね」

『人によるんじゃないの』

「……なるほど。姉さんにしては――」

『月並みな答えだとでも言いたいのかしら』

「すみません……」

集中力が切れかけている。気を引き締め直さないといけない。

(でも、つらいな、これは……)

木野下《きのした》は「CLUB JEED」のあと二十分ばかり街ブラをかました。それから立ち食いの居酒屋に入り、五十分ほど飲み食いした。まだ飲み足りないのか、コンビニでアルコール度数高めの缶チューハイを買い、飲みながら街ブラを再開した。

(一人の夜を堪能してる……)

こういう楽しみ方もアリなのではないか。木野下を見ていると、想星《そうせい》は次第にそう思えてきた。

(お酒はともかく、やってみたら意外とハマるかも……)

どうしても集中力が維持できない。

(明日、早いんだよな――)

殺《や》るならさっさと殺っちゃってくれ。

そんな考えがときおり想星の頭をよぎる。

（……よくない。僕の今やってることがぜんぶ無駄だとしたら、そのほうがいいんだ。組織の見込み違いで、あの男は人殺しなんかじゃない。そうあって欲しい——と思うべきなんだよな、きっと……）

木野下はとある雑居ビルに立ち寄った。どうやらトイレを借りただけのようだ。そのあと、「CLUB JEED」よりもずっと大きなＩＤチェックのあるクラブに入った。こんなこともあろうかと偽造のパスポートを用意している。想星も木野下を追って入店した。

その「KINGS&QUEENS」というクラブで、木野下は一時間半ほど過ごした。何人かの女性と会話していたが、いずれも顔見知りという感じではなかった。たまたま声をかけられて受け答えをした。それだけのようだ。

（何かおかしい——）

見たところ、一人で「KINGS&QUEENS」に来る客はあまり多くない。ずっと一人でいる者に至ってはさらに少ない。たいていの客は仲間と遊びにくるか、ここに仲間がいる。あるいは、未来の友人や遊び相手、もしくは恋人と出会うために来店するのだろう。

想星は例外中の例外だ。

そして、木野下も。

木野下は一人でクラブを出ると、またコンビニに寄って何か買った。

（もう二時過ぎ……）

夜更けの歓楽街は人影もまばらだ。

木野下《きのした》は白いレジ袋を右手にぶら下げ、軽快な足どりで歩道の真ん中を歩いている。

(これ……徹夜かな?)

想星《そうせい》は覚悟を決めた。

(うん。徹夜だな。いいさ。寝れないっていうか、寝ないんだって腹をくっちゃえば、べつにね……)

こうなったら、被害者が出ないまま夜が明けるといい。

殺すなら誰か殺せばいい。

(好きだけど嫌い、みたいな。違うか……)

木野下はどこへ行くのか。歓楽街を抜けた。この先には公園がある。ボートに乗れる池があったり、神社と隣接していたり、大規模な祭が催されたりする。かなり広い公園だ。公園に面した通りのガードレールには若い男女が点々と腰かけている。ここで語ったり、飲酒したり、喫煙したりして夜明かしをするのか。

木野下は公園に入ってゆく。公園内にもけっこう人がいる。ベンチに座っている二人組の女性に、同じく二人組の男性が何やら声をかけていた。

人目を避けたい。想星は舗装された道を外れて並木の外側を進んだ。

「姉さん」

『……なぁに？』

眠そうな声だった。めずらしいこともあるものだ。指摘はしない。想星が何か言ったら、何十倍どころか百倍以上になって返してくる。割に合わない。

木野下が足を止めた。ただ立ち止まったのではない。しゃがんだ。

想星は並木の木陰から顔を出して木野下の様子をうかがった。

「公園で女に話しかけてます」

『相手は一人？』

「はい」

その女性は地べたに座りこんでいたようだ。丈の長いワンピースの上にコートを着ている。とくに派手でも地味でもない。比較的落ちついた服装だが、セミロングの髪は乱れている。酔っ払っているのか。たぶん二十代だ。二十代半ばといったところだろう。

木野下はその女性の前にしゃがんで何やら話している。女性の隣に腰を下ろした。レジ袋から何か出して、女性に手渡す。飲み物だろう。ペットボトルだ。

『どう？』

「……相手は酔ってるようですね。水か何か飲ませてます」

『あら』

姉はくすりと笑った。

『ずいぶん親切ね』

木野下《きのした》と女性は三十分ばかり並んで座っていた。何をしゃべっているのか。聞きとれないが、途中からはむしろ木野下が聞き役に回っていた。

ようやく木野下が立ち上がった。女性は木野下の手を借りて立った。

「姉さん、動きます」

『一緒に？』

「みたいですね」

公園を出る頃には二人は手を繋《つな》いでいた。遅くまで遊んで終電を逃した仲睦《むつ》まじい恋人同士が、歩いて家に帰ろうとしている。そんなふうに見えなくもない。

（……違うだろうな。待ち合わせしてたとは思えない状況だし。おそらく二人は初対面。酒を飲みすぎて、酔い覚ましでもしてたのか……公園に一人きりでいた女性を、木野下がナンパした。ただのナンパならいいけど――）

どうなのだろう。

二人はたまに休んだ。一休みするとまた歩きだした。車の来ない赤信号の横断歩道を、笑いながら走って渡ったりもした。

実に二時間も、二人はそうやって徒歩で移動した。

（これは――）

心を殺さないと、とても耐えられない。

(慣れてはいるけどね？　そういう仕事だし。ていうか、人を殺すよりは、まあ……いや、比べるのもどうかと思うけど……)

そろそろ夜が明ける。

二人は高架と呼ぶには低くてみすぼらしい高架下のごく短いトンネルに差しかかった。

(距離が近いな……)

想星《そうせい》と二人の距離ではない。察知されないように、ちゃんと細心の注意を払っている。

二人の、すなわち、木野下と女性の距離だ。手を繋ぐどころではない。もはや腕を組んで、べったりと寄り添っている。

(好きにすればいいけどね……好きに――)

トンネルの中で、二人はどちらからともなく歩みを止めた。

(あぁ……)

二人が向かいあう。

顔が接近する。

接触した。

口と口だ。

(――何を見せられてるんだ、僕は……)

すべて無駄な骨折りだったのではないか。

(だいたいどこだよ、ここ)

あの歓楽街のそばにある公園から、五キロは歩いただろう。郊外といっても、田園地帯ではない。市街地とも呼びづらい。家屋にせよ、集合住宅にせよ、どれもえらく古びている。倒壊しかけた空き家や、草っ原と化している空き地も散見された。住民は高齢化し、減少する一方だろう。おそらくこの街が栄えることはない。

(偶然……じゃないよな。木野下《きのした》が連れてきた。こんなところまで——)

トンネルの中で木野下と女性がじゃれあっている。ひとけはまったくない。車通りもない。夜明け前とはいえ、あまりにも静かすぎる。

(ゴーストタウンなんじゃ……さすがにそんなことはないだろうけど)

ようやく二人が路上で乳繰り合うのをやめた。

(で、また移動……)

問題は、二人が、というより木野下がどこへ向かっているのか、だ。

二人は舗装されていない横道に入っていった。見たところ、その横道はどこにも通じていない。袋小路だ。道に面して二階建てが三軒建っている。二人は一軒目、二軒目を素通りした。三軒目の家はブロック塀に囲われている。鉄製の門もある。

木野下が門を開けた。鍵は掛かっていなかったようだ。

女性は中に入るのをためらっているのか。明らかに女性はこの場所を知らない。初めて訪れたのだろう。それに、何か違和感というか、気味の悪さのようなものを感じたのかもしれない。

想星《そうせい》は横道の手前から様子を見ている。あの一番奥の家だけではない。三軒とも、明かりはもちろんついていない。車も駐《と》まっていない。そこらじゅうに雑草が生い茂っている。人が住んでいるとはとても思えない。

木野下が、大丈夫だよ、というふうに女性の手を引いた。女性は拒まなかった。

「姉さん」

門が閉まり、二人とも見えなくなった。

「木野下が女を連れて家に入りました」

『正確な位置情報を送って。とりあえず監視を続けなさい』

「了解」

想星は一つ息をついた。

「……あの、僕、帰れます？」

『場所さえ特定できていれば、私のほうで何とでもなるわ』

「そうですか。……うん。ですよね……」

『学校を休ませるほど鬼じゃないのよ？』

鬼じゃなかったんだ、と言いそうになって、想星《そうせい》は慌ててのみこんだ。

「……姉さんの弟でよかったなぁ」

『おまえはとてつもなくおべんちゃらが下手ね』

姉は笑った。苦笑いなのか。それとも存外、満更でもないのか。想星にはわからない。

姉とは血が半分繋《つな》がっているだけだ。幼い頃から一緒に食事をすることさえ稀《まれ》だった。最後に面と向かって姉と話したのはいつのことだったか。

（いつ――だったっけな……）

思いだせない。

高良縊遠夏《たからいとおか》。

どんな顔をしていたのだったか。おぼろげにしか浮かんでこない。

（リヲ姉《ねえ》は覚えてるのに……）

Ø6　見上げれば高い壁だ

高良縊想星はどこにでもいる普通の高校生になりたかった。

(……早朝、大急ぎで家に帰って、シャワーだけ浴びてすぐ登校とか、絶対、普通の高校生じゃない……)

けれども、忌まわしい仕事から離れたら、せめて普通の高校生を装っていたい。

(や、だけど……部活の朝練とかでもないのに、こんなに朝早く登校するのって、ぜんぜん普通じゃなくない……?)

想星は校門を通り抜けてからスマホで時刻を確認した。

(七時二十分。少し早かった……)

校舎の玄関前には誰もいない。一応、確かめてみたが、扉は開かなかった。まだ解錠されていない。

あくびが出た。

(……気を張ってないと、眠気が――)

ぼうっとしているとまずい。何か考えようとすると、仕事に関わる事柄ばかりが浮かんでくる。

(いけない――)

想星《そうせい》は首を振る。

(仕事のことなんか考えるな。どうでもいいし……)

高良縊《たからい》想星は高校生だ。普通の高校生なのだ。何の変哲もない、ありふれた高校生だ。

「……高校生……高校生なんだ……僕は、高校生……高校生だ……高校の……高校生……あたりまえか、高校生なんだから……高校……中学……いやいや、高校の高校生……」

いつの間にか想星は瞑目《めいもく》していた。

「高校生……高校生が一人……高校生が二人……高校生が三人……あれ……なんか変だな、違うような気がする……高校生が五人……四人だっけ？　違う、そういう問題じゃない、高校生が……今、何人目だっけ――」

「想星！」

「わぁーうっ!?」

いきなり背中を叩《たた》かれたので近年稀《まれ》に見るほど仰天してしまった。想星は前方に跳んで空中で反転した。

白森《しらもり》とモエナがいた。二人とも目を瞠《みは》っている。

「……ごめん、なんか想星、ぶつぶつ言ってて気づいてないみたいだったから……」

「ていうか高良縊、今の身のこなし、やばくなかった……？」

「や、ややや ばぁーいっ？」

想星は自分の腕や腹のあたりをさわったり叩いたり肩を上下させたりした。意識的な動作ではない。体が勝手に動いた。

「……や、あの、その、だから……お、おはようございまぁーす！」

窮余の一策だった。思いきり頭を下げると、白森もモエナも「……おはよう」と挨拶を返してくれた。

「あぁ、はは……えぇ、ちょっと……何だろう、まあ、今日——昨日？　あんまりよく眠れなくて、それで、寝不足的な？　結果的に、ぼんやりしてた……のかな、と……」

「あたしも！」

白森が力強くうなずいてみせた。

「色々考えてたら、興奮しちゃって。六時間くらいしか眠れなかったもん」

「……そのわりに、けっこう眠れてない？」

苦笑するモエナは、今日もほっぺたがふっくらつやつやしていて健康的だ。

「六時間じゃ圧倒的に足りないよ。あたし、できれば九時間寝たい人だし」

「あたしは八時間でいいかな。九時間はぶっ続けで眠れないかも」

「うっそ。何もなかったらあたし、十二時間とか眠れる」

「あすみん、十二時間って半日だよ？　おなかすいて目が覚めちゃわない？」

（――別世界なんですけど……？）

想星《そうせい》は打ちのめされていた。

（一日が三十時間とかあったりする異世界の話じゃなくて？　高校生って普通、そんなに眠ってるの……？）

「想星は？　平均、何時間睡眠？」

あすみんに訊《き》かれて、想星はとっさに「……七時間半かな？」と見栄《みえ》を張ってしまった。途端に胸が締めつけられた。なるべく嘘《うそ》はつきたくないのに。

「理想は……」

そう付け足して、これで嘘をついたことにはならないと自分を納得させようとする。

（――姑息《こそく》な……）

「あ、玄関、開きそうだよ」

モエナが玄関のガラス扉の向こうを指さした。いちじるしく額の秀《ひい》でた男性が内側からガラス扉を解錠しようとしている。あの額の男性はたしか教頭先生だ。

「どうしよっか。中で待つ？」

白森《しらもり》がモエナと想星に尋ねた。モエナが何か答えようとした。

想星はふと校門のほうに目をやった。ふと、というか、ある予感がしたのだ。それか、視線を感じて反応してしまったのかもしれない。

我が校の校門には閉鎖できる仕組みがない。学校の敷地を囲う塀がその部分、途切れていて、歩行者や車が通行できるようになっている。

その通路のど真ん中に、ほとんど顔面部分しか皮膚を露出していない女子生徒が仁王立ちしていた。

（すごい……オーラが……）

目の錯覚だろうか。想星には彼女の全身から放散されている気のようなものが見えた。それはさながら冷気だった。今、彼女の周りだけが北極圏だ。彼女はマフラーをつけていて、口がすっかり隠されていることもあり、表情がよくわからない。でも、肯定的な感情が表れているとは思えない。

（殺気を感じるんですけど……）

「羊本《ひつじもと》さんだ！」

白森も彼女に気づいた。

「おはよう、羊本さん！」

そして、手を振ってみせたものだから、想星は戦慄した。白森にはあの恐ろしいオーラが見えていないのか。見えないか。想星も本当に見えているわけではない。

（や、でも——見るからに好意的な態度じゃないっていうか、取って食いそうな雰囲気すら醸しだしてるっていうか……）

想星《そうせい》の思いすごしではないはずだ。

「あすみん……」

小声で呼びかけて白森《しらもり》の腕にそっと手をかけたモエナは、羊本《ひつじもと》の様子からただならぬものを感じとっているのだろう。

もっとも羊本くちなという人は、ああやって他者をことごとく撥《は》ねつけ、近づけまいとしてきた。それが彼女の戦略なのだ。

彼女の立場に立ってみれば、いつもどおり朝一番で登校したら、どういうわけか玄関前に同級生たちがいた。偶然なのか。否《いや》。自分を名指しして挨拶をかましてきた。これは偶然ではない。ならばどうする？

「えっ……」

意表をつかれた。

彼女は回れ右をした。

「逃げた！」

白森が駆けだした。

想星はふたたび「えっ……」と声を発してしまった。

「……追いかけるの？」

モエナが想星の気持ちを代弁してくれた。

羊本の姿はもう見えない。白森は猛ダッシュで校門に到達しようとしている。

想星はモエナと顔を見合わせた。言葉にならなかったが、互いの意見は一致した。白森を一人で行かせるわけにもいかない。放ってはおけない。しょうがない。

想星は走った。モエナもついてきたが、しょっぱなから遅れている。仕方ないだろう。もともと運動が得意なほうではなさそうだ。ちらっと見た感じでは、得意なほうではないどころか、モエナは走り方を知らないのかもしれない。

(腿《もも》、上げようよ、モエナさん！　両脚が二本の棒のようだよ！　ほぼすり足になっちゃってるよ……！)

想星はなんだか申し訳なくなってきた。モエナはすさまじく足が遅い。

「大丈夫！　僕に任せて！」

想星は校門を駆け抜けながら後ろのモエナにそう声をかけた。

「お願い……！」

モエナは早くも苦しそうだった。

白森には間もなく追いつくことができた。白森のフォームはモエナよりよっぽどいいが、鞄《かばん》が邪魔そうだし、靴も走りにくそうだ。

「想星、速っ！」

「ふ、普通だけど……!?」

「けど、羊本《ひつじもと》さんもめっちゃ速くて！　想星《そうせい》、がんばって捕まえて！」

（――捕まえて、どうするんだろ……）

そう思わなくもなかったが、ここまできたら後には引けない。

「うん、わかった……！」

想星は加速して、一気に白森《しらもり》を引き離した。体育の授業では手を抜くようにしているし、トレーニングや仕事以外で全速力を出すことはめったにない。

（しかも、朝！　徹夜明けに！　学校の近くで！　何やってるんだ、僕は……！）

羊本の背中はずいぶん小さい。見えなくなった。左に曲がったのだ。

（撒《ま》くつもりか！　そうはさせない……！）

一帯の地図は細かい路地に至るまで頭に入っている。

（先回りするのは――難しいか、でも……！）

想星は羊本の進路を予想し、差を縮められるルートがないか、脳内の地図を使って検討した。候補が挙がったら、ただちに採用してそちらへ急行する。

（羊本さん、どこだ……羊本さん――いた……！）

生活道路から二車線の道路に出たら、向こう側の歩道を羊本が駆けていた。車がほとんど切れ目なく行き交っている。すぐには道路を渡れない。想星は車道を挟んだまま羊本を追いかけた。

（しかし、ほんと速いな、羊本さん――）

一向に距離が詰まらない。羊本の走力は想星と同等なのか。

（普通じゃないからって、男子と女子だぞ。そんなわけあるか……!?）

羊本が一瞬、想星のほうに顔を向けた。その直後、脇道に駆けこんで、また姿が見えなくなった。

（……くっそ、悔しいな、なんか――ん、悔しい？　悔しがってるのか、僕は？　べつに勝負してるわけじゃないんだから。そうだよ。勝ちも負けもないんだから――）

あきらめよう。

学校に行って、白森とモエナに報告すればいい。だめだったよ。見失った。二人とも想星を責めることはないだろう。

（だいたい、捕まえところで――）

羊本を逃げ場のない行き止まりかどこかに追い詰める。羊本はどうするだろう。おとなしく観念する？　あの羊本が？

（……知らないけどさ！　羊本さんのことなんて、僕にはわからない。だけどおそらく、羊本さんは――）

観念したりはしない。なんとか切り抜けようとする。

そのために、羊本《ひつじもと》は想星《そうせい》を殺すかもしれない。

(僕はいいんだ。殺されたって——)

羊本は想星を撒《ま》こうとしているが、学校から遠ざかろうとはしない。どうやら登校を断念するつもりはないようだ。

(羊本さんに、十回や二十回、殺されたとしても、僕は……)

想星は羊本の行動を予測して道を選んでいる。数分に一度、彼女を見かけては見失ってしまう。

二人は、学校を中心としたおおよそ半径二、三百メートルの範囲内をぐるぐるぐるぐる回っている。

(どうせなら、もっと楽に、たくさん殺せる仕事がいいな。羊本さんに何回殺されてもいいように、命を稼いでおかないと……)

追跡開始から約四十五分が経過した。

(——だめだ)

行く手の信号が赤に変わった。想星は足を止めた。

(頭が回らない。たぶん五分以上、羊本さんを見てないし……)

息はとうに上がっている。それはともかく、汗がひどい。着替えは持っていないが、鞄《かばん》の中にタオルがある。せめて汗を拭いておくべきだろう。

（徹夜明けで、この運動量は……）

どうにか学校に辿《たど》りつくと、教室前で白森《しらもり》とモエナが想星を待ってくれていた。羊本はまだ登校していないという。

「悪いことしちゃったかな……」

悄然《しょうぜん》と肩を落とす白森に、モエナが無言で飴《あめ》を渡した。ちなみに、モエナは想星にも飴をくれた。白桃味の飴はとても美味だった。

担任の大平《おおひら》先生が教室に入ってきて朝のホームルームが始まっても、羊本は姿を現さなかった。

「羊本、休みかぁ……？」

大平先生がくぐもった声で心配そうに呟《つぶや》いた。

（悪いこと、しちゃったのかな……）

白森ではないが、想星もだんだん後ろめたくなってきた。

大平先生が出ていった。もうすぐ一時間目の授業が始まる。チャイムが鳴るのと同時に教室の戸が開いた。

「あ……」

想星だけではない。何人かの生徒が「あ……」だの「お……」だのと発声した。戸を開けたのは教師ではない。羊本だった。

羊本《ひつじもと》は戸を閉め、窓際の席に向かって歩いてゆく。

皆、息を殺している。羊本がこんなに注目を浴びるのはめったにないことだ。

「えー……」

ワックーが何か言いかけた。でも、言葉が続かなかった。

静寂の中、羊本が窓際一番後ろの席に到着した。すぐには座らなかった。

想星《そうせい》のほうに目を向けた。

ほう、ではなく、想星を見ている——のではないか。

羊本はやや顎を上げ、両眼を開ききらず、下目遣いで、想星を見下げている。想星は震え上がった。もしかして、羊本は想星を蔑《さげす》んでいるのだろうか。あれは人間が人間を見るときの目ではない。想星は、ゴミめ、と言われているような気がして仕方なかった。それとも、カスめ、だろうか。クズめ、かもしれない。ゴミクズめ、とか。

想星はそこまで侮蔑されるようなことを羊本にしてしまったのだろうか。

しかも、想星だけだった。

羊本は二秒か三秒、想星だけにあの眼差《まなざ》しを向けると、席についた。

まるで、おまえだけ有罪、と言い渡されたかのようだった。

(……なんで、僕だけ)

朝っぱらから四十五分も追いかけ回した罪だろうか。

なかなかの悪行だ。想星は机に突っ伏した。

（……あぁ。完璧、有罪——）

†

一時間目は精神的な打撃と倦怠感《けんたいかん》と眠気とが戦って、誰も勝ち名乗りを上げないうちに終わった。

十分休みに突入した瞬間、白森《しらもり》が勢いよく席を立ったので、想星は英語圏の人のようにオーマイゴッドと叫びそうになった。

「ちょっと、あすみん……」

モエナは止めようとした。想星は見ていることしかできなかった。

（正直、怖い——）

身動きがとれずにいる想星と違って、白森は勇敢だった。脇目も振らない。一直線だ。

白森は突進してゆく。目指すはもちろん、窓際一番後ろの席だ。

例によって例のごとく、羊本くちなは頬杖《ほおづえ》をついて窓の外を眺めている。

白森が羊本の席の手前で急停止した。

「羊本さん！」

正確には、そう呼びかけられる直前に、羊本《ひつじもと》はびくっとして白森《しらもり》のほうへ向き直った。

（うわぁ……）

想星《そうせい》は祈りを捧《ささ》げるように口の前あたりで両手をがっちりと組み合わせた。

羊本は猫さながらだった。非常に警戒心が強い野良猫でも、道路を横断中、車のヘッドライトに照らされると、驚いて固まってしまうことがある。今の羊本はちょうどその様《さま》を思わせた。いけない。すぐ逃げないと車に轢《ひ》かれる。想星はやきもきしていた。予想外で、興味深くもあった。どうなる？　どうなっちゃうの、これ？　たぶん予期していなかった事態に直面し、呆然《ぼうぜん》としているのだろう羊本が、気の毒でもあった。

「あのね、羊本さん」

白森は一気呵成《いっきかせい》に攻めこんだ。

「朝のことだけど、あたし、なんか、びっくりさせちゃったみたいで、ごめんね、そういうつもりはなかったんだけど、やっぱり謝りたくて――」

いきなり羊本が手袋を嵌《は》めた右手で机を叩《たた》いた。

「っ……！」

白森は息をのんであとずさった。

（それはっ――）

やりすぎなのでは、と想星は思った。

（怖いって。机、叩《たた》くのは……）

心の中で思っただけで、口出しはできなかった。

（怖すぎだって、羊本《ひつじもと》さん……）

ただ、羊本は机に叩きつけた自分の右手を、一秒か二秒の間、見つめていた。ひょっとすると意図的にやったのではなく、つい手が出たのか。慌てて発作的に机をバーンしてしまい、そのことに羊本自身、びっくりしているのかもしれない。

仮にそうだとしても、立ち直りは早かった。羊本は立ち上がって、白森《しらもり》を冷たくねめつけた。

「わたしに関わらないで」

低く、まるで熱がこもっていない、環境音のような声音だった。強く拒絶されれば、誰しも反発を覚える。しかし、ここまで冷静に、無味乾燥な事実のみを箇条書きにしたように宣告されると、無力感しか湧いてこない。

羊本は歩きだした。しいて言えば、足どりがやや速い。逃げるように教室から出てゆこうとしているところに、彼女の動揺が見てとれなくもない。

（でも、あれはつらいって……）

白森はうなだれてこそいないものの、顎を引くように顔を下に向けている。凹《へこ》んでいるのだろう。落ちこまないほうがおかしい。

「──待って」

想星《そうせい》は耳を疑った。待って。誰が言ったのか。誰かが言ったのか。

白森だった。

「待って、羊本さん！」

白森が振り返って連呼した。

「羊本さん、待って！」

こう言っては何だが、見物だった。

（何、あれ──）

羊本は歩きつづけた。けれども、白森に名を呼ばれるたびに、ほんの一瞬ではあるものの、羊本の体の動きが一時停止するのだ。

（おもろっ……）

「待ってよ、羊本さん……！」

そして、三度目に呼ばれて身体硬直に見舞われたあと、羊本はとうとう振り返った。

「な、何なの！」

（赤っ……）

想星は唖然《あぜん》としながら、あまり感じたことのないような種類の羞恥を覚えていた。

うっすらとだが、羊本の顔が赤らんでいる。

（どうして僕が恥ずかしいんだ——や、これ、恥ずかしいんじゃなくて……）

何だろう。

口惜しさにも似ているような、似ていないような。

（……羊本《ひつじもと》さんが、みんなの前で顔を赤くしてるなんて——）

事件だ。とてつもないことが起こっている。大事件だ。それだけは間違いない。

「なんで？」

これだけの大事件を引き起こしておいて、白森《しらもり》はむしろ落ちつき払っている。

（……なんで？）

想星《そうせい》が訊《き》きたい。

「な、なんで——」

羊本は下を見て、白森をちらっと見て、それからまたうつむいた。

「……なんで、とは。何が……」

「だから」

白森はまっすぐ羊本を見すえている。

「関わらないでって、言ったでしょ。羊本さん。今、あたしに」

「……言った、けど」

「なんで？　理由が知りたい」

「……理由」

「だって、納得できないもん。あたし、羊本さんと話したことないし。色々話してみたいなって、思って。それだけなのに、関わるなって」

「理由……」

羊本の呼吸が浅い。なんとか立て直そうとしているようだ。深く吸う。ゆっくり吐く。

（……がんばれ）

想星はつい応援してしまった。

（や、それも違う……のか？）

よくわからない。

思考が四分五裂し、様々な感情が混在して、もうめちゃくちゃだ。

「……理由、なんて――」

羊本は、そうだ、と自分を勇気づけるように小さくうなずいた。

「言う必要、ない」

「必要はないかもしれないけど、あたしは聞きたいの」

白森はブレない。どこまでも真っ向勝負だ。

「あたしのことが嫌いで、生理的にどうしても受けつけないとかなら、しょうがないと思う。人と人だから、相性もあるし」

「き、きら……」

また羊本《ひつじもと》の呼吸が浅くなった。

(はっきり、言えばいいのに)

想星《そうせい》はそれこそ、なんで、と思わずにいられなかった。

(嫌いだって。本心じゃないとしても、そう言っちゃえば――)

嘘《うそ》も方便というではないか。ろくに口をきいたこともない白森《しらもり》に、嫌い、と断言するだけでいい。それだけで羊本はこの状況を打開できる。そう難しいことではない。たった一言でいいのだ。じつに簡単だ。

(僕には、とても言えないけど)

言えるはずがない。

よりにもよって白森明日美《あすみ》のような人に、あなたのことが嫌いです、とは。

「き、きら……ぃ――」

羊本は声を震わせた。

「……とか、じゃ……」

「はぁーっ……!」

突然だった。

白森が両手で頭を押さえて、ぎゅっと目をつぶった。

「よかったぁ。もし羊本さんに嫌われてるとしたら、あたし、すっごい嫌がらせしてたことになるし。やばすぎる大迷惑人間だし。そうじゃなくて、よかったぁ……」

「……あ──」

羊本は絶句した。瞬間、彼女の身長が数センチ低くなったように見えた。錯覚か。さもなければ、彼女がよろめいたのかもしれない。

「あすみんんん……」

モエナが唸《うな》っている。

想星は組み合わせていた両手を我知らず解《ほど》き、掌《てのひら》を上に向けていた。

白森が目を開けた。その瞳には幾千の星が宿っている。きっと少々潤んでいるのだ。そのせいできらめいているように見える。それだけだ。いくら白森でも、両眼が輝いたりはしないはずだ。

(何、このポーズ……)

「羊本さん──」

白森が羊本に迫ろうとする。羊本はあとずさった。白森の前進と比べて、なんと弱々しい後退だろう。白森が一歩進むと、羊本は二歩下がった。一歩余計に下がることで、羊本は白森との間の距離を保とうとしている。いつまでその距離を保っていられるか。たぶん時間の問題だ。

「あなたは」

その前に羊本《ひつじもと》は踏《ふ》み止《とど》まった。彼女にしては声に張りがある。力が入っているのだ。硬く尖《とが》らせた声だった。

「なぜ人を殺したらだめなのか、大人に質問する子供みたいなもの」

「え？」

白森《しらもり》はぽかんと口を開け、二回まばたきをした。

「……大人に？　子供？　あたしが？」

「あなたは人を殺さないでしょう」

「殺さ……ないけど。もちろん。殺すわけ――」

「だったら、わたしに関わらないで」

「……だったら？」

白森は小首を傾《かし》げた。

羊本はかまわず言いきった。

「たいした理由もなく、あなたが人を殺さないのと、同じように」

教室内は静まり返っている。大半の同級生は今のやりとりをしっかりと聞いていたはずだ。羊本に気圧《けお》されている者もいないことはないだろう。白森のように首をひねっている者も少なくない。想星《そうせい》もその中の一人だった。

（……微妙に支離滅裂っていうか、理屈になってないような……？　え？　ようするに、どういうこと？　人を殺しちゃだめな理由と、自分に関わるなっていうのが、なんか繋《つな》がってる？　繋がらなくない？　脈絡が……）

わからない。

羊本は教室を見回して、はっとしたように目を瞠《みは》った。何か察するところがあったようだ。彼女の言い分には説得力が欠けている。そのことに気づいたのではないか。

マグナム弾のような眼光が想星を刺し貫いた。

「ええ……」

想星は愕然《がくぜん》とした。

（なんで、僕……？）

ただ、完全に睨《にら》まれてはいるものの、羊本の顔つきが妙だった。歯を食いしばっている。わずかだが、頬《ほお》が膨らんでいる。憤っているのか。間違いなく怒ってはいるだろう。でも、それだけではないような気がする。想星に何か訴えたいことでもあるのか。

（言いたいことがあるなら、言ってくれれば――）

不意に、これは空耳に違いないが、羊本の怒鳴り声が聞こえた。

それができたら！

――と。

羊本《ひつじもと》が駆けだした。本当に、一切の誇張なく、彼女は走って教室から出ていった。

「……やっべえ」

ワックーが呟《つぶや》いた。

「怖かった……俺、うっすら漏らしちゃったかもしれん」

あちこちで笑い声が上がった。

想星《そうせい》は笑えなかった。

†

羊本は授業が始まる直前に戻ってきた。そのあとはいつもどおりだった。彼女はずっと頬杖《ほおづえ》をついて窓の外を眺めていた。白森《しらもり》もさすがに再チャレンジに打って出ることはなかった。昼休みにモエナを交えて三人で話したのだが、想星は、どうしたものでしょうか、といったようなことしか言えなかった。

（どうしたものかねえ、ほんと……）

じつは、放課後どこかに寄って会議をしよう、との提案が白森からあった。大変心苦しくはあったのだが、想星は応じることができなかった。

（仕事があるし……）

帰りの地下鉄に揺られていたら、吊革《つりかわ》に掴《つか》まって立ったまま寝落ちしそうになる程度には眠気が極限に達していた。

（これ……仕事の前に、三十分でいいから仮眠とっておかないと……詰む……）

想星は車輪町《しゃりんちょう》の駅で列車を降り、階段を上がった。足というより全身が重く、鈍い。

（……口実、かな。いや、仕事はあれだけど。あるけど。実際。でも、あんなことがあったのに、まだ会議……何を話しあうんでしょうかっていう、ね……あすみん、タフすぎじゃないですか……）

想星は出席を回避してしまったが、モエナは強制参加なのではないか。今ごろどこかで二人きりの会議が開催されているに違いない。

（お疲れ様です、モエナさん……）

地下鉄駅の出口をあとにして、信号待ちをしていると、気が遠くなった。

（なんか、このまま倒れちゃいたい……）

当然、倒れるわけにはいかない。想星は一度目をつぶり、思いきり開けた。一つ息をついて、頭を振る。

その拍子に耳鳴りがした。

（いや――）

違う。

これは耳鳴りなどではない。耳ではないし、耳の奥でもない。もっと後ろのほうだ。後頭部が熱い。それとも、冷たいのか。後ろだ。

背後に何かいる。

「っ……！」

想星《そうせい》は危うく信号を無視して車道に飛びだすところだった。後頭部を押さえて振り返る。案の定、というか。

彼女が立っていた。

マフラーを目のすぐ下まで上げている。できるだけ顔を出したくないのか。だったらいっそのこと、目出し帽でも被《かぶ》ってサングラスか何かかければいい。

（――そんな恰好《かっこう》してる羊本《ひつじもと》さん、面白すぎるけど）

言ってみようか。

（や、言いませんて……）

冗談を飛ばして和むような空気ではない。

「あの、危ない……よ？　もう少しで車に轢《ひ》かれるところだった……」

「轢かれればよかったのに」

「……わぁ……」

蚊の鳴くような声しか出てこなかった。

（ていうか――何……？）

叫べるものなら想星は叫びたい。

（話しかけたら逃げるし！　すぐ逃げるし！　逃げるくせに、いるし！　車に轢かれろとかひどいこと言うし！　轢かれろとは言ってないか、でも、ほぼ同じだし！　車に轢かれなきゃならないようなこと、僕がしたか⁉　いや、仕事で罪は犯してきてるかもだけど、そこはお互い様だろうし！　そうだよ……いやいや、これはあれか、よくない……）

胸の奥底に向かって思いの丈を吐きだすと、いくらかすっきりした。

「――え……と、どうかした……の？　偶然……じゃないよね？」

「あれは」

マフラーのせいで、いつにも増して羊本の声が聞きとりづらい。想星はちょっと近づきたくなったが、やめておいた。殺されそうだ。

「あなたが手を回したの」

「手を回し……あれ――って……？」

声が聞こえづらい上、内容もついてゆけない。

「白森《しらもり》さん」

羊本は目を伏せて、「白森明日美《あすみ》」と言い直した。

「あぁ――」

なるほど。

かちんときた。

「あれって、そんな言い方……」

「何なの。あれは」

羊本《ひつじもと》はふたたび白森《しらもり》をあれ呼ばわりした。でも、想星《そうせい》と目を合わせない。

「何が目的。気味が悪い。やめさせて」

なぜ羊本は下を向いているのだろう。やっていることは攻撃的なのに、何かちぐはぐな印象を受ける。

「……やめさせろって、言われても。僕が頼んだわけじゃないし。白森さんを止める権利が僕にあるのかっていうと、まあ、なかったりするし」

「役立たず」

「あのさ……」

「何」

「役立たずって――」

想星は口ごもった。

(そんなこと、言われる筋合いじゃない、けど――)

ふと思ったのだ。

羊本は想星を役立たずとなじった。とりもなおさずそれは、役に立って欲しかった、ということなのではないか。羊本は白森を近づけたくない。その試みがうまくいかないから、こうやって想星に会いに来た。

(羊本さんは困ってて……僕に頼ろうとした)

好意的すぎる解釈だろうか。

(だとしても、だよ。態度とか、言葉の選び方とかってものが……)

想星としても言いたいことはある。ただ、さして腹は立っていない。

(羊本さんが、僕に頼ってくれた)

悪い気はしない。

羊本は想星に頼ってまで、白森をどうにかしたかった。それほど白森を止めるのは難しい。そう感じているのだろう。

「……白森さんは、とにかく羊本さんに興味があるみたいで。本当にただそれだけみたいだし。裏があるわけじゃないっていうか。あるわけないっていうか。白森さんは、すごくいい人だし――」

「だから」

羊本はそこで息継ぎをした。依然としてうつむいている。

「仲よくしろとでも」

「か、かまわないんじゃない？　友だちになるくらい。べつに友だちってほどじゃなくても、世間話したりとか。同じクラスなんだし……」

「わたしにリスクを冒せと」

「話すだけだよ？　そんなに危険かな？　誰とも関わらないより、話し相手の一人や二人いたほうが、かえって自然っていうか――」

「とっくに自然じゃないから、とりたてて問題はない」

「いや、羊本《ひつじもと》さんさ、そんなふうにね？　自分のほうから壁を作らなくても――」

だしぬけに羊本が右手を差し向けてきた。想星《そうせい》はぎょっとした。

素手だ。

手袋をつけていない。いつの間に外していたのか。

想星は反射的に跳び退《の》いてしまった。後ろは車道なのに。ブレーキ音が響き渡る。見れば、急ブレーキを踏んだ白いSUVがハンドルを切って、歩道に乗り上げる寸前で停《と》まったところだった。

SUVの運転手が窓を開けて顔を出した。

「おい！　何やってんだ！　死にたいのか！」

「わっ、ご、ごめんなさい……！　すみません……！」

想星は平謝りに謝って横断歩道の手前まで駆け戻った。

羊本《ひつじもと》はすでに手袋を嵌《は》め、涼しい顔をしていた。

「壁はわたしが作ってるんじゃない」

「……え？」

「そこにあるの。初めから、誰も越えられない、壁が」

さっきまでとは違い、羊本は想星《そうせい》を見つめている。しかし、彼女には想星が見えていない。焦点が合っているのに、像を結んでいない。そういう眼差《まなざ》しだった。

二人の間に壁があるからだ。

少なくとも、羊本はそう思っている。

信じこんでいる。

「でも、僕は――」

仮に壁があるとしても、越えることができないものではない。

(僕なら)

殺されてもいい高良縊《たからい》想星なら、その壁を越えられる。

(……逃げちゃったわけだけど。突然だったから。心構えさえできてれば。い、今なら大丈夫だし。むしろ、待ってましたって感じで……)

想星はピッチャーの投球を待ち構えるキャッチャーをイメージした。

(どんな球でも、僕は受け止め――)

羊本が右手の手袋を外そうとしている。想星はついびくっとしてしまった。いいや、身構えただけだ。怯《ひる》んだわけでは決してない。

羊本は手袋を外さなかった。外すふりをしただけだった。

踵《きびす》を返して、すたすたと歩いてゆく。

彼女は立ち去ろうとしている。

行ってしまう。

(追いかけて——殺してもいいからって。ぜんぜん平気だから、殺してくれ……って?)

想星は羊本の後ろ姿が見えなくなる前に、がっくりとうなだれた。

(……違うだろ。違う。そういうことじゃない。それじゃただの異常者だよ……)

Ø7 TOO MUCH BANE

例の家の土地と建物の所有者は佐藤健也《さとうけんや》。もともとは彼の母親が居住していたようだが、六年前に他界。息子の健也が相続した。現在は地元の不動産業者が管理している。持ち主としては売却したいのだろうが、買い手が見つからない。横道に並ぶ佐藤家以外の二軒も、似たような経緯で空き家になっている。

木野下璃亜武《きのしたりあむ》は日が落ちてすぐ、一人で家を出た。姉によると、それまで人の出入りは一切確認されていない。つまり、木野下と一緒に家に入った女性はまだ中にいる、ということだ。

『どうなの、想星《そうせい》?』

姉がイヤホンの向こうで言う。

想星はすでに問題の家の塀を越えて敷地内に侵入していた。まったく手入れされていないらしいこの庭は、あと何年かしたら立派な雑木林になっているのではないか。家屋もだいぶ傷んでいる。ただ、窓ガラスは割れていない。曇りガラスを嵌《は》めた小窓を除けば、どの窓もカーテンが閉められている。施錠もされている。

「……まあ、入れると思います」

『そう。経路は任せるわ』

「了解」

想星は正面の玄関に回った。見たところ、ドアの錠は古いタイプだ。防犯性能が高いものに付け替えた様子はない。これならガラス破りで窓から入るよりもピッキングをしたほうが安全だし、手っとり早い。

（安全っていうのも変か……）

想星はウエストポーチから工具を出してドアの鍵穴に差しこんだ。四十秒ほどで解錠できた。道具をしまってドアを開ける。古びているわりに、ドアの動きはスムースだ。想星は中に入ってドアをそっと閉めた。

（しかし、いやな仕事――）

姉は木野下の行動観察より、彼の隠れ家とおぼしきこの家の中の捜索を優先した。

（愉快な仕事なんてないけどさ。普通に考えれば、昨日の女の人はこの家のどこかにいる。無事かどうかはともかく……）

姉は、そして想星も、彼女がリビングや寝室でゆったりとくつろいでいるだろうとは思っていない。

（証拠を、押さえる――）

木野下璃亜武はこの約三年間で十一人もの人間を殺害した疑いがある。

（十二人目か）

家の中は黴臭《かびくさ》く、埃《ほこり》っぽい。モルタルの土間には靴がないし、いかにも廃屋然としている。想星《そうせい》は耳を澄ました。物音はしない。懐中電灯を使うかどうか。迷うところだ。

結局、想星はそのまま暗がりを進むことにした。二階への階段はとりあえず無視する。短い廊下の突き当たりにドアがあった。ノブを掴《つか》んだ手応えで、このドアはけっこう軋《きし》みそうだと感じた。慎重に開ける。

（……何だ？　この匂い……）

香水だろうか。薔薇《ばら》のように甘く、柑橘系《かんきつけい》の爽やかさもある。ふわっと香る程度なら悪い匂いではないのかもしれない。でも、これはきつすぎる。

想星は三分の二くらいまでドアを開け、その部屋に足を踏み入れた。暗い。ここはリビングダイニングで、奥がキッチン、続きの和室は仏間のはずだ。カーテンを閉めきっているだけでなく、何かで目張りしているのか。たぶんそうだ。暗すぎる。どこに何があるのか、さっぱりわからない。真っ暗だ。

想星はウエストポーチから懐中電灯を出して点灯した。ネットで四千円も出せば買える品だが、充電式で照射角度や明るさを調節できる。値打ち物だ。

テーブル。椅子が四脚。テレビ台はあるが、テレビはない。食器棚。壁際にソファーが置かれている。

「っ――……」

想星は思わず息をのんだ。ソファーだ。

誰か座っている。

一人ではない。

二人も。

『想星？』

姉に呼びかけられた。想星は答えなかった。

懐中電灯でソファーを照らす。人間。大きさは人間だ。形も。女性か。下着のような、というか、下着しか身につけていない。二人とも。

動かない。

想星が懐中電灯の光を浴びせても、反応がない。

二人はぴくりともしない。

「……姉さん」

『誰かいたの？　それとも――』

「ちょっと……待ってください」

おそらく十代後半から二十代。二人の女性がソファーに並んで腰かけている。眠っているのではなさそうだ。どちらの女性も目を開けて、まっすぐ前を見ている。

見ている。

見えているのか。

想星《そうせい》はソファーに歩み寄った。やはり二人の女性は微動だにしない。動けないのだろう。動かない、と言うべきか。

一人はロングヘアで中肉中背。もう一人はボブカットで痩せ型だ。

「違う……」

『何が違うの？』

「昨日の女の人じゃない」

『そこに誰かいるの？』

「いいえ」

想星はボブカットの女性のほっそりした首の側面に右手の甲を押しあてた。冷たい。たぶん室温と変わらない温度だ。

脈は、もちろんない。

「死んでます。リビングで、二人。女性です」

『昨日の女じゃないのね？』

姉は平然と訊《き》いてきた。

「はい。別人です」

想星は女性の体を見回した。死体だと判明した途端、わずかな動揺は消え失《う》せた。

(我ながらどうかと思うけど……今さら、か――)

外傷がある。二人ともだ。刃物か何かで切った痕らしい。左右の脇腹だ。肋骨《ろっこつ》の下あたりからのびて、下着に隠れるところまで続いている。切られているだけではない。縫合されている。癒着していない。新しい傷痕だろう。死後につけられたものか。

想星はボブカットの女性の顔部に鼻を近づけた。香水のような匂いとは別の、酸っぱいような薬品臭がする。上瞼《まぶた》は開いた状態で縫いつけられているようだ。よく見ると、眼球の光沢がおかしい。

「義眼……」

『何ですって?』

「この死体……処理されてるみたいです」

『昨日の女はそこにいないのよね』

「捜します」

想星はこの家の間取りを思い浮かべた。あやしいのは二階か。それか、一階の浴室。死体に処理を施すのに都合がいいのは浴室だろう。念のため、このリビングと続きの仏間も確かめておいたほうがいい。まずは仏間だ。想星は仏間に向かおうとした。

何か音がした。

想星《そうせい》は息を詰めて懐中電灯を切った。音。どんな音だったか。わからない。でも、聞こえた。微《かす》かな音だった。

(……上、か?)

上には天井しかない。一階の天井。その上は二階だ。

(二階に、誰か——)

昨日の女だろうか。まだ死んでいない。彼女は生存している。二階のどこかに拘束されているのかもしれない。

想星は懐中電灯を左手で持ち、右手でホルスターから拳銃を抜いた。安全装置を解除する。リビングのドアは閉めていない。想星は忍び足でリビングを出た。

あれ以来、音はしない。想星は聞いていない。

玄関からすぐの階段まで来た。

(なんか……)

この先に階段がある。

かろうじて見えるのは五、六段先までだ。

(よくないな、この感覚……)

想星は迷っていた。懐中電灯を点《つ》けて目視するか。しばらく待機して様子をうかがうか。

一気に階段を駆け上がるか。

（迷ってると、たいていろくなことにならない――）

想星は銃把を握る右手に懐中電灯を持っている左手を添えて、ゆっくりと階段を上がりはじめた。造りが古いせいだろうか。急な階段だ。

三段目まで上がったところで、音がした。

（上――）

想星は銃口を真上に向けようとした。閃光《せんこう》が想星の目を灼《や》いて、爆音が響いた。


（――……最悪だ……）

撃たれたらしい。おそらく何発も食らった。

想星は玄関の靴脱ぎのほうに頭を向け、階段に足を載せて仰向《あおむ》けになっている。何者かが階段の上から銃撃してきた。想星はほとんど即死して、後ろ向きに倒れたのだろう。

（イヤホン、なくなってるかも。外れちゃったのか、壊れたか……）

そんなことはどうでもいい。

想星は一度死んだ。

蘇生《そせい》して、今は死んだふりをしている。

上。頭上から狙撃された。上？　想星は階段を上がっていた。階段の、上。

右手の人差し指がトリガーとトリガーガードの間に引っかかっていて、拳銃は手の中にある。

暗い。だめだ。目を開けても、暗すぎてほぼ何も見えない。

音はどうだろう。わからない。とくに聞こえない。

(……いや?)

音なのかどうか。微妙なところだ。でも、何かが動いている。気配がする。

いる。

何かが。

階段の——壁?

向かって右側の壁だろうか。そこに何かがへばりついている。

(NG系《No Gravity System》——)

无重力方式。

アンソニー・タケダの重力を度外視したような挙動に、想星《そうせい》は対応しきれなかった。そういうものだとわかっていても、あれは難しい。目が慣れていない。頭が、体が、ついていってくれない。勘のいい者なら合わせられるのかもしれないが、あいにく想星はチートを持っているだけの凡人だ。

(ほんと、自分があまりにも凡庸すぎてさ……)

アンソニー・タケダと同じく、木野下璃亜武《きのしたりあむ》もNG系なのではないかと組織は疑っている。NG系の殺し屋として三人殺し、殺人者として八人殺しているのなら、木野下を始末する。それが今回の仕事だ。木野下がNG系なら、壁も天井も地面にしてしまえる。壁歩きも天井に立つこともお手の物だ。当然、そこまで考慮に入れておかないといけない。

(だけど、木野下は家を出たって姉さんが――)

おかしい。そうだ。木野下がこの家にいるわけがない。

木野下ではない。別の人物。仲間がいた。そういうことか。

右側の壁にへばりついている人物に動きがあった。壁から階段へ。階段を下りてくる。止まった。

想星を見下ろしている。軽く左足を蹴られた。反応をうかがっているのか。

(自慢じゃないけど、死んだふりは得意だし……)

想星は死体のふりを続けた。

(なんか、いるよね。そういう動物。オポッサムだっけ。アメリカに棲息《せいそく》してるやつ。有袋類の……)

また蹴った。さっきよりも強く蹴られた。

(二度も蹴った――)

直後、三発目がきて、すぐさま四発目が続いた。

（すげー蹴るじゃん……）

想星《そうせい》の左足を六発蹴って、ようやく気がすんだのか。その人物は想星を跳び越えるのかと思いきや、そうではなかった。跳ばないで、壁伝いにぬるっと想星の上を通過していった。アンソニー・タケダを思わせる。NG系特有の動きだ。

想星は頭こそ動かしていないが、目は開けている。その人物の容姿まではわからない。でも、大柄ではないようだ。男性なのか、女性なのか。ズボンを着用している。たぶん髪は長くない。

（……木野下《きのした》？）

背恰好《せかっこう》が似ている。

（——なわけない、か……）

NG系らしきその人物は玄関ではなくて廊下へ向かった。リビングに行くのか。入る前に、振り向いてこちらを見た。

（でも、やっぱり……似てるような——）

あのシルエット。だぶっとした衣服を着ている。服装はありふれているのでともかくとして、あの髪型。マッシュルームカットだ。

マッシュルーム人間がリビングに入ってゆく。ドアは閉めない。

想星は階段に載っている両足を慎重に動かした。この階段の踏み板、安定していない。

ほんの少しだが、音を立ててしまった。

小さな音だし、大丈夫だ。気づかれはしない。そんなふうには考えなかった。想星は一気に跳び起きてリビングに突入した。マッシュルーム人間はソファーの前あたりにいる。発火炎《マズルフラッシュ》が閃《ひらめ》いて発砲音が轟《とどろ》いた。それとほとんど同時に想星は床にダイブした。

（――木野下だろ……！）

はっきりと見えたわけではないが、想星は確信していた。伏射で撃った。撃ちまくった。木野下としか思えない人物も撃ち返してきた。銃をぶっ放しながら移動している。窓か。このリビングには掃き出し窓がある。木野下は体当たりでその窓を破って外に出た。

想星は立ち上がって木野下を追いかけようとした。

（ＮＧ系なら――）

窓から出るのはやめた。廊下に戻って玄関から外に出た。掃き出し窓があるほうへ回りこむと、木野下が二階の外壁にしゃがんでいた。想星が掃き出し窓から出てきたところを頭上から撃ち殺すつもりだったのだろう。

木野下が想星に気づいた。想星が撃とうとしたら、木野下は外壁を駆け上がっていった。あっという間に屋根に上がって見えなくなってしまう。

（屋根に陣どられると――）

まずい。上から狙い放題だ。

(家に入るか、塀を盾にするか)

さっそく木野下《きのした》が屋根の上から撃ってきて、想星《そうせい》から選択肢を奪い去った。これだと塀の向こうに到達するまでの間に被弾する。家に逃げこむしかない。

玄関のドアから中に入ると、銃撃は止《や》んだ。

(……どうする)

弾倉にはまだ弾が残っているが、二発だけだ。想星は土間に片膝をついて弾倉を交換した。二発しか入っていない弾倉には予備の弾を装填《そうてん》しておいた。

(ていうか、いくら空き家が多い地域だからって、あんなに撃ちまくったら通報されるだろ。僕はサイレンサーをつけてるけど、あっちは素のままじゃないか……)

いずれ警察が来る。それも覚悟しておかなければならない。

(……死体があるんだよな、この家。二体も。……二体じゃきかないかもしれない。さっき僕が撃ち殺されたときの血痕なんかもあるし。まずいな。色々、まずい……)

木野下は仕掛けてくるだろうか。

(あっちは一回、僕を殺してる。ただ殺し損ねたと思ってるか。それとも、別の可能性を考えてるか。殺し損ねたにしては、ぴんぴんしてる。何か変だと感じてるとしたら、迂闊《うかつ》には手を出せないんじゃないか？　希望的観測かな……)

こんなときに限って、イヤホンがない。

（――スマホはあるから、電話するっていう手も。姉さんに、相談……するとしても、とりあえずめちゃくちゃ怒られそうだな……）

想星は銃を構えて立った。今のところ異状はない。木野下はリビングの掃き出し窓から攻めてくるかもしれない。そうなれば背後から襲われることになる。この場所にいると、前後を警戒しないといけない。

（浴室……）

リビングへの廊下の途中にドアがある。その先には洗面所とトイレがあって、浴室に続いているはずだ。

想星は廊下を進んで洗面所のドアを開けた。強い薬品臭が鼻を突いた。洗面所に入ってドアを閉める。浴室のドアは半透明のアクリル板だ。想星は懐中電灯を出して点灯した。浴室のドアを開けると、異様な臭気が押し寄せてきた。予期していなかったわけではない。ある程度、心の準備ができていたので、衝撃はなかった。

懐中電灯の光が浴槽を照らした。空ではない。浴槽には液体が張られている。湯ではなさそうだ。おそらくただの水でもない。薬品を混ぜた薬液だろう。そうとうな量だ。浴槽の中に座っている女性は、肩までその薬液に浸かっている。

薬液は透明ではない。うっすらと赤く色づいている。

女性は全裸だ。二十代。おそらく二十代半ば。髪はセミロングだ。見覚えがある。

(昨日の――)

想星《そうせい》は浴槽に近づいた。女性は目を閉じている。瞼《まぶた》が何か変だ。眼球がくりぬかれているのか。浴槽の中を照らすと、女性の脇腹が切り開かれていることが確認できた。あるいは、そこから臓器を摘出したのだろうか。

浴室の隅に蓋付きの大きなポリバケツが鎮座している。中身はあまり確認したくない。

木野下《きのした》はこの浴室を風呂として使っていたわけではないようだ。浴槽のそばに置いてあるプラスチックのバスチェアと風呂桶《ふろおけ》も、作業をするときに利用していたのではないか。

壁に設置された棚にはシャンプーやリンス、石鹸《せっけん》ではなく、たくさんの道具が並べられている。

糸ノコギリ。カナヅチ。包丁。医療用のメス。箱形のケース。等々。

「処理場か……」

想星はつい呟《つぶや》いてしまった。

嘔吐《おうと》を催すほど初心《うぶ》ではないが、気分はよくない。

(仕事以外で八人殺してるって話だったけど。この家に少なくとも三人分の死体がある。もっと殺《や》ってるかもな。ただ殺すだけじゃなくて、死体に加工を施してる。快楽殺人者の手口だ。しかも、数が多い……)

想星はため息をついた。

（違うだろ。ため息なんかついてる場合じゃない。怒るところじゃないか。木野下璃亜武《りあむ》。こんなこと、許しちゃいけない。始末しないと。放っておいたら、あいつは殺しつづける。だから、あいつを殺さないと。このままじゃマイナスだし。せめてプラマイゼロにしないと、釣りあいがとれない——）

いつ木野下が攻撃してくるかもしれない。待ち構えて殺してやる。

想星は洗面所に引き返した。洗面所と廊下を隔てているドアに耳を寄せると、妙な感じがした。何が妙なのか。

懐中電灯であたりを照らしてみる。ドアの上部から黒いものが染み出していた。

煙だ。

「……これ——焦げ臭い？」

想星は慌ててドアを開けた。煙がわっと迫ってきて噎《む》せそうになった。リビングだ。火の手が上がっている。

（火事——火を点《つ》けたのか、誰が……）

無関係者の第三者がたまたま今、ふらっと現れて放火した。ありえない。

ということは、木野下だ。

家ごと死体を燃やしてしまうつもりなのか。おそらくそれだけではないだろう。想星が家の中にいることを、木野下は知っているのだ。

いるに違いない。

火元はリビングらしい。想星《そうせい》が避難するとしたら玄関だ。木野下《きのした》も当然、そう見越して

（僕を焼き殺すか、さもなくば、燻《いぶ》り出すか——）

玄関から出たら、狙い撃ちされる。

想星は息を止めてリビングに飛びこんだ。懐中電灯の光が何の役にも立たない。煙のせいだ。ひどく煙い。目が痛くて、熱い。掃き出し窓付近の床とソファーの一帯がとりわけ勢いよく燃えている。腰が引けそうになったが、行くしかない。

想星はリビングを突っきった。すさまじい炎が掃き出し窓の一帯で渦巻いている。とても目を開けていられない。火はすでにこの身を焼きはじめているのではないか。想星は目をつぶって炎に突っこんだ。掃き出し窓から外に出て、地面を転げ回りながら塀を目指す。服が燃えている。化学繊維や髪の毛が焦げる臭いがする。だが、火だるまになっているわけではない。煙もあまり吸わなかった。鼻も喉も平気そうだ。多少煤《すす》っぽいくらいで、痛みはない。

想星は塀をよじ登って向こう側に下りた。唸《うな》るようなサイレンが聞こえはじめたのはそのときだった。パトカーだ。やはり近所の住民が銃声を聞いて通報したのだろう。想星は木野下の隠れ家を含めた三軒が面している横道を避け、裏手の茂みに分け入った。もう仕事どころではない。遠からず消防車もやってくる。まずはこの場を離れるしかない。

明かりがついている民家には近づかないようにした。

そのうち消防車のウーカンカンカンというサイレンが聞こえてきた。

想星はどうにか高架下の短いトンネルまで辿《たど》りついた。木野下と女性がじゃれ合っていた。あのトンネルだ。

(人が住んでないはずの空き家で火事が起きて、三人分の焼死体が見つかる。けっこうな大事件になっちゃいそうだな……)

想星はトンネルを抜けたところでスマホを出した。

(さすがに姉さんに連絡しないと――)

スマホのロックを解除する寸前だった。頭頂のやや後ろに強い衝撃を受けた。

「あっ……――」

直後、両肩に何かがのしかかってきた。脚か。何か。誰かだ。その誰かが想星の頭にぶちこんだ物を引き抜いて、またぶっ刺した。

(――……くっそ、死んだ……!)

蘇生《そせい》したときにはアスファルトの地面で大の字になっていた。起き上がれない。押さえつけられている。木野下だ。馬乗りになって、逆手に持ったナイフを振り上げている。

「なんで死なない……！」

木野下《きのした》がナイフを振り下ろす。両刃で先細っている。フェアバーン・サイクス戦闘ナイフとか、その手の戦闘用ナイフか。短剣型のナイフだ。

（死んではいるんだよ、もう死にたくない――）

想星《そうせい》は必死に頭を左にずらした。木野下のナイフが頭皮と頭蓋骨の側面を削った。

（けど……！）

「フ×ック！」

木野下がナイフを引いて、また突き下ろしてくる。相手は想星が殺しても死なないことを知っている。この状況から挽回《ばんかい》するのはきわめて困難だが、不意討ちではなく、得物が銃ではなくナイフだ。

（即死しないってだけなら、なんとか……！）

木野下は「ファ×ク！」を連呼しながらナイフで想星の頭部を滅多《めった》突きにした。恐怖はあるし、痛みを感じないわけではむろんない。とてつもなくいやだ。でも、怖いし、痛いし、いやなだけだ。それはそれとして、想星はとにかく木野下のナイフをできるだけ頭の中心から逸《そ》らすことに集中していた。おそらくこれは、死んでも終わりではない想星ならではの芸当だろう。

（……このへんか……）

とはいえ、いいかげん意識が飛びそうだ。

「フ×ーック……！」

木野下が何十度目かに繰りだしたナイフを、想星は額の右側で受け止めた。木野下のナイフは頭蓋を貫いて、かなり深々と突き刺さった。

（……効く、なぁ……これ……）

本当に死んでしまいそうだ。

想星は抵抗をやめて、全身を弛緩《しかん》させた。呼吸を止めるのが一番難しかった。

木野下の体が静止した。

――殺《や》ったか？

まんまとそう思ってくれたようだ。

木野下は右手でナイフを握っている。想星は両手で木野下の右手首を掴《つか》むなり、関節を極《き》めた。

「ッ――」

木野下は息をのんで、想星の両手を振りほどこうとしたのか。しかし、手首の関節が可動域ぎりぎりまで曲げられた状態では、ろくに力が入らない。木野下はナイフを手放した。というより、ナイフ全体が血まみれで滑りやすくなっていたせいもあって、指がナイフの柄から離れてしまったのだろう。すかさず想星はナイフの柄に手をかけた。

木野下《きのした》は素早かった。間髪を容《い》れず想星《そうせい》から飛び離れて、たぶん銃を抜いた。想星も迅速に手を打った。もともと瀕死《ひんし》だ。時間がない。残り少ない時間をさっさと使い果たすため、自分の額に刺さっているナイフを少し抜いて、角度を変え、脳幹めがけて思いきり突き入れた。

生き返るなり跳ね起きたら、木野下が撃ってきた。予想していたから、想星は横っ跳びして躱《かわ》した。

木野下は撃ちまくる。ばんばん撃ってくる。想星は手に持っていたナイフを木野下に投げつけた。木野下がナイフをよける間に、想星もホルスターから拳銃を抜いた。狙いをつけようとしたら、木野下はトンネルに入って中の壁を斜めに駆け上がった。壁を走りながら撃ってくる。

(やりづらいんだよな、あれ……!)

想星はいったんトンネル左側の擁壁《ようへき》に身を隠した。ここならトンネル内から狙撃できないだろう。銃声はしなくなった。

(……死にすぎだ。大損じゃないか。また撃つし。近くに警察が来てるんだぞ。どうかしてる。馬鹿なのかな？　馬鹿なんだろうな。くっそ、殺したい——)

想星は、ふうっ、と息を吐いた。

（熱くなってどうする。馬鹿は僕だ。落ちつけ。大事《おおごと》になって困るのはあっちなんだ。もう放っておけばいいんじゃないか。あとは野となれ山となれ、だ。姉さんは怒るだろうけど、怒られるのは慣れてる。どのみち僕はやれって言われたことをやるだけだし——）

パトカーのサイレンが止まった。あの家付近に到着したのか。消防車のサイレンはまだ聞こえる。何台か走っているようだ。

（潮時だ）

想星は拳銃をホルスターにしまおうとした。突然、銃声がして、すぐ近くの擁壁が弾《はじ》け、その直後か直前に胸を、どん、と突かれたので、心底仰天した。

「うっ……!?」

想星はよろめきそうになりながら体勢を低くして、拳銃を構えた。

（——被弾した!?　防弾ベスト……）

想星は防弾ベストを着用していた。さもなくば、胸部を撃たれて致命傷を負っていたかもしれない。

（でも、なんで——）

銃弾が次々と飛んでくる。想星は擁壁に沿って道路から離れる方向へ走った。トンネルからではない。射撃手は道路の向こうから撃ってくる。その姿がちらりと見えた。

「木野下《きのした》……!?」

思わず口に出してしまった。

ありえない。木野下はトンネルの中にいるはずだ。

銃撃が途絶えた。相手の弾が切れたのか。

高架の擁壁《ようへき》はみるみる低くなってゆく。想星《そうせい》は拳銃をホルスターに収納するなり、高架に跳び上がった。線路を横切ろうとしたら、またもや驚かされる羽目になった。右方向で銃声がして、想星の足許《あしもと》で線路の下に敷かれている砂利《バラスト》が跳ね上がった。

(だから、なんで――)

木野下が追いかけてきて、後ろから想星を撃ってきた。それならわかる。しかし、今の銃弾はトンネルの向こうから飛んできた。

(トンネルの中にいたはずの木野下が手前の道路脇に瞬間移動して撃ってきて、そのあとトンネルの向こうまで超高速で移動して撃ってきたってこと……? わけがわからないんですけど! NG系のチートはそんなこともできるのか……?)

想星は線路を渡るのをやめた。線路上を突っ走った。

木野下は発砲してこない。

(もし瞬間移動なんてことができるなら、先回りしようとするはず……!)

想星は後ろを見た。いた。木野下だ。線路を走って追いかけてくる。

（できないのか、さすがに瞬間移動は──）

それでは、どういうことなのか。

（わっかんねぇ……）

行く手に川が流れている。もうすぐ鉄道橋だ。

そのずっと前方に光が見える。車のヘッドライトのような。

というか、ヘッドライトだろう。ただし、ここは線路なので、車は車でも電車だ。あれは電車のヘッドライトに違いない。

（どうだ!?　距離は──）

想星が鉄道橋を渡り終えるのが早いか、その前に電車と正面衝突してしまうか。運転士が人影を目視したら電車はブレーキをかけるだろうが、間に合わないだろう。想星が避《よ》けなければ、撥《は》ねられる。

（賭けてみるか……！）

想星は足を速めた。後ろの木野下はどう出るか。ちらっと確認してみたところでは、とりあえずまだ想星を追っている。

鉄道橋は鋼材が剥《む》き出《だ》しで、電車一両分の幅しかない。だいたい半ばまで来ただろうか。電車のヘッドライトはもうだいぶ近い。そう感じるだけなのか。まだブレーキをかけていない。意外と距離があるのか。

フォォォォォーンというけたたましい音が鳴り響きだした。電車の警笛だ。想星《そうせい》に気づいたのか。電車がブレーキをかけている。きゅるきゅるきゅるきゅると車輪とレールがこすれ合う音も聞こえる。

想星は速度を上げた。これ以上、速くは走れない。限界一杯だ。

どんどん電車が迫ってくる。

想星は腕で顔を隠した。運転士に見られてしまうかもしれない。念のためだ。

ぶつかる前に鉄道橋を渡りきれるだろう。想星はそう予測していた。

(意外と近かった――)

見込み違いだった。

想星は線路のレールとレールの間に倒れこんだ。この鉄道橋には床がない。枕木が梯子《はしご》状になっている。その上に伏せて一秒も経《た》たないうちに、想星の上を電車が通過しはじめた。だいぶ減速しているのに、鼓膜が破れそうな音がする。振動もすごい。

電車は停《と》まりそうでなかなか停まらない。想星は極限まで頭を低くして匍匐《ほふく》前進を開始した。

やがて電車が停まり、想星は鉄道橋を渡り終えた。レールと車体の合間から顔を出して振り仰ぐと、電灯の明かりを放つ車窓が見えた。

車両の下から這《は》いだし、川原に向かって護岸ブロックに覆われた土手を少し下った。

少しだけだ。想星《そうせい》は鉄道橋の真下に入りこんだ。橋の両端にはコンクリートの橋台が築かれていて、二本の橋桁を支えている。想星はその橋台を背にしてホルスターから拳銃を抜いた。片膝をつき、サイレンサー付きのワルサーLC9を両手でしっかりと保持する。

木野下《きのした》は想星を追いかけていた。想星が電車にまっすぐ向かってゆき、急停止させたのを見て、どう動くか。

(――賭けだ)

木野下はNG系だ。

无重力方式《No Gravity System》。

垂直の壁を歩ける。走れる。壁どころか、天井さえも。

木野下は来た方向に引き返すだろうか。

警察が来ている。消防車も。それなのに、木野下はかまわず銃をぶっ放した。この国の警察は決して無能ではない。おそらく何台もの警察車両があの一帯に向かっていることだろう。大勢の警察官が集まりつつある。

想星なら戻らない。

鉄道橋の上には電車が停《と》まっている。想星が停車させた。すぐには再発進できない。安全確認をしてからだ。

木野下はどうするだろう。

想星は静かに息を吸いこんだ。吐かずに止めた。

向かって左側の橋桁に何かがぶら下がっているように見える。

まだ二十メートルほどは離れている。鉄道橋の上にも、想星がいる橋台の付近にも、外灯はない。今日は曇っていて、月も出ていない。暗い。ぶら下がっているものの形もよくわからない。ただ、明らかにそれは橋桁の一部ではない。

たぶん移動している。

歩いている。

橋桁の上を歩く。いや、上ではない。下だ。

いずれにせよ、そんなことはできない。

やつがＮＧ系でなければ。

鉄道橋の電車はまだ動きださない。

（リスクは、ある――）

想星はワルサーＬＣ９の引き金に人差し指をかけようとしていた。

（賭けなんだから、しょうがない）

橋桁を歩くものの輪郭が見えてきた。

あれは人間だ。間違いない。歩いている。

想星は標的の胸部に照準を定めて引き金を引き絞った。

サイレンサーを装着しているとはいえ、銃声を消せるわけではない。かなり抑えてはくれるし、やや籠もった感じになるが、日常生活ではまず耳にすることがない種類のそこそこ大きな音が響く。

想星《そうせい》は三発連続で撃った。

(当たった)

その感触はあった。標的がのけぞるような動作をした。ちゃんと聞こえたわけではないが、何か声を発したような気もする。

「何の音だ……!?」

上のほうで男が叫んだ。電車の運転士だろうか。

標的は橋桁にしゃがんでいる。やはり当たったようだ。

さっきまでは六十かそこらだった想星の心拍数が急上昇した。

(ここにいるのはまずい)

想星は拳銃をホルスターにしまって橋台から離れた。標的は動かない。橋桁にうずくまっている。土手に上がるか。目立ちそうだ。想星は川原に下りた。鉄道橋の上に目をやると、運転席のドアが開いていて、そこから運転士らしき人が身を乗りだしていた。懐中電灯であたりを照らしている。もし見つかっても逃げきれるだろうが、目撃されるのは面白くない。

（面白くないじゃすまないって……！）

川原は背の高い雑草や低木なども生い茂っていて、草っ原というより藪《やぶ》だ。想星は藪の中に身を隠した。ここからだともう橋桁の標的はまったく見えない。

消防車とパトカーのサイレンが聞こえる。川の向こうだろうか。こちら側か。

動悸《どうき》がすごい。心臓が大暴れして胸郭をぶち破りそうだ。想星は汗だくだった。今も腋《わき》の下《した》からどんどん汗が噴きだしている。これは脂汗、冷や汗だ。

気がつくと、想星は地面に手がふれるほど腰を屈《かが》めた姿勢になって、藪をかき分けかき分け、前へ前へと進んでいた。

（……こういうときは、下手に動かないほうがいい）

そうだ。

想星はむやみに突き進むのをやめた。慌てふためいて、これ以上ミスを重ねるのがもっともよくない。

（ミス……ミスしたのか、僕は？　したか。何がミスだったのか、自分でもわからないくらいミスしまくった。それで、こんなことになってる。相手が非常識すぎたんだ。死体をあんなふうに扱うような手合いはやばい。殺し屋なんかは、まだまっとうな部類なんだよな。よっぽどのことがない限り、街中で撃ちまくったりしないしさ。おかげで三回も死んだじゃないか。……三回。三回だよ？　最悪だ――）

そのときだった。

想星《そうせい》の体の中心あたりで、あの音が鳴ったのだ。音ではないのかもしれないが、音のように感じられる。

とくん……という、独特の音だった。

(死んだ)

想星は思わず噴きだしそうになった。とっさに口を押さえて笑い声を噛《か》み殺《ころ》した。

(やった。殺《や》ってやった。ほら。ほらね？　あれは当たったと思ったんだよ。三発ぜんぶか、三発中二発は当たったね。手応えあったし。即死じゃなかったけど。心臓か、大動脈とか肺動脈とかだな。いい具合に当たってたんだ。ざまあみろ。三回も僕を殺したんだから。三回。三回も。これで、マイナス２――)

全身から力が抜けた。

(こんなに苦労して、マイナス２……)

緊張が解けたせいだろうか。胸がひどく痛む。防弾ベストを着ているとはいえ、銃弾をまともに食らったのだ。肋骨《ろっこつ》にひびくらい入っていてもおかしくない。

さらに、今の今までまったく気にならなかったのだが、左の上腕にも痛みがある。右手で探ってみると、出血していた。どうも弾が掠《かす》ったらしい。掠ったといっても、文字どおりの掠り傷ではない。縫わないといけないだろう。

(死んじゃおっかな……)

想星は弱々しく頭《かぶり》を振った。

(だめだ。マイナス2なんだし。これくらいの傷で死んでられない。我慢しよ……)

Ø8 その象徴からはかけ離れている

あのあと姉に責められ放題に責められ、詰められまくって、完膚なきまで叩《たた》きのめされたことは言うまでもない。

ただ、説教の強度と濃度は全身の毛が抜けてしまいそうなほど高かったものの、時間は長くなかった。想星《そうせい》がへまをやらかしたぶん、姉は方々に手を回して色々後始末しなければならない。姉にしてみればそれが余計に腹立たしくて仕方なかったに違いないが、事後処理も仕事のうちだ。そして、その方面は想星の領分ではない。役割分担はすべて姉が決めてきた。何をどうすればいいのか、想星には見当もつかない。姉としても今さら想星には任せられないだろう。どのみち尻拭いは姉にしてもらうしかない。

おかげで三時間ほどは眠ることができた。十分な睡眠時間とは言いがたいが、肩の荷が下りたからか、夢らしい夢を見なかった。目が覚めると、妙にすっきりしていた。

もっとも、寝る前に自分で縫った左腕の傷はそれなりに痛む。防弾ベスト越しに撃たれた胸も、ちゃんと冷やしたので腫れはそうでもないが、あまり具合がよくない。ただの打撲ではないのか。医者に診てもらうとしたら、姉に相談しないといけない。それはできれば避けたいところだ。

まったく、問題が多くていやになる。

例の火災は、やはりテレビやネットで報じられていた。空き家が全焼しただけならともかく、現場で身元不明の焼死体が複数発見されたのだ。世間の耳目を集めないわけがない。スマホでざっと見ただけでも、近所に住む七十代の女性が謎の連続発砲音を聞いた件にふれる記事が一本あったし、このまま報道が過熱したらもっと面倒なことになるだろう。

（おかげでしばらく仕事ができない——とかなら、僕としては万々歳なんだけど……）

想星は適当に栄養補給のための朝食をとり、傷を消毒しがてら包帯を新しいものに換えた。身支度をして、家を出る前に鎮痛剤を飲んだ。どこでも買える市販薬だが、即効性があって眠くもならない。鎮痛剤は箱ごと持っていくことにした。

地下鉄に乗ると、乗客が読んでいる新聞や、目に入るスマホの画面が変に気になった。

（これまでも、仕事のあれが事故死とか病死とかでニュースになったことは、あるっちゃある……けっこう——まあ、多々あるんだけど。一回か二回、被疑者不明の殺人事件になっちゃったこともあったっけ。……三回かな。でも、今度のはなぁ……）

かなり余波が大きそうだ。

（——や、けどさ？　僕が木野下《きのした》を殺《や》ってなかったら、犠牲者がもっと増えてたかもだし。木野下以外には、危害っていうような危害は加えてないはずだし。あんな大立ち回りを演じたのだって、木野下のせいだし。僕は悪くない……いい人間ではないけど……）

登校したら登校したで、窓際一番後ろの席で頬杖《ほおづえ》をついている同級生が、想星《そうせい》に懸案事項を突きつけてくる。

今朝も白森《しらもり》はモエナを伴って羊本《ひつじもと》にアタックした。というか、近づいていって、あたかも日常的にそうしているといった調子で「おはよう、羊本さん」と声をかけただけなのだが、見事に完全無視を決められた。

羊本は鋼鉄製のカーテンを自分の周りに張り巡らせているかのようだった。そのカーテンは目には見えないのだが、明確な存在感があった。

ワックーが例の火災を話題にして、大いに教室を盛り上げていた。

「これ絶対、連続殺人事件だよ！　連続殺人事件！　シリマルキラーの仕業だよ！　シリマルキラー！」

「シリアルキラーじゃ……」

想星は絡みたくなかったのだが、ついツッコミを入れてしまった。

「えぇっ！　シリアルキラー!?　俺、ずっとシリマルキラーだと思ってた！　いやでも、よくよく考えたらシリマルはないか！　なんでキラーのお尻が丸いんだって話！」

爆笑が起こった。

想星は笑うのに苦労した。

居たたまれなくて、用もないのにトイレへ行った。

そもそも用がないので、仕方なく手を洗っていると、トイレに雪定《ゆきさだ》が入ってきた。雪定は用を足しに行く前に立ち止まって、鏡越しに微笑《ほほえ》みかけてきた。

「こういうときって、スルーするのがいいのか、一声かけたほうがいいのか、ちょっと迷わない？」

「……あぁ」

少しだけだが、想星は思わず笑ってしまった。

「迷うね。なんとなく」

「やあ、とか言うのがいいのかな？」

「それくらいがちょうどいいのかも。だけど、やあって、地味にあんまり言わないような気も……」

「たしかに、言わないね」

雪定は目を細めて含み笑いした。

「じゃ、よう、とか？」

「雪定っぽくはないかな」

「へーイ？」

「欧米人……？」

「日本人なら、ハーイかな」

「それも英語っぽくない……？」

「けっこう難しいね」

雪定《ゆきさだ》は笑いながら想星《そうせい》の隣で手を洗いはじめた。

想星は蛇口を閉め、ハンカチで手を拭った。首をひねった。

「ん？」

「ん？」

雪定は不思議そうに想星を見返した。

「いや……雪定、手を洗いにきたの？」

「あ」

雪定は蛇口を閉めて、また笑った。

「間違えちゃった」

†

昼休みが近づく頃には傷の痛みが強くなってきた。鎮痛剤の効き目が薄らいできたのだろう。想星は昼休みになると急いでエナジーバーとサラダチキンを貪《むさぼ》り食い、水飲み場で鎮痛剤をのんだ。スマホが鳴って、見ると白森《しらもり》からラインが来ていた。

今どこ？　ご飯後、渡り廊下で話せる？


「……言ってたもんな。『わりとあきらめが悪い』って。僕もたいがいだけどさ。あすみんも、わりと……だいぶかな？」

むろん、断れるわけもない。返事を送って渡り廊下で待っていると、白森とモエナがやってきた。白森は眉間にいかにも悩み深そうな縦皺《たてじわ》を刻んでいて、モエナに「あすみん、皺、皺」と注意されたりしていたが、気落ちしている様子は微塵《みじん》もなかった。むしろ、生命力に充《み》ち満《み》ちていて、今にも溢《あふ》れんばかりだった。

「ぬーっ！　とりつく島もないって感じだもんなぁ。あたし、考えたんだけど、もしかしてあれじゃない？　羊本《ひつじもと》さん、潔癖症だとか！」

「……潔癖症」

想星は白森のエネルギーに圧倒され、鸚鵡《おうむ》返しに言った。

「え？　なんで……？」

「わかんない？」

「……うーん。わかんない……かな？」

「だって、羊本さんは他人に近寄られたくないわけでしょ？」

「まあ……そう言ってるね」

「あと、常に手袋つけてるでしょ！」

「……つけてるね」

「潔癖症っぽくない？」

「言われてみれば……」

想星《そうせい》は左手で胸を押さえた。わざわざ痛む左腕を動かして、痛い胸を押さえるなどということを、なぜあえてしてしまったのか。想星自身、よくわからなかった。

（……近寄られたくない理由も、どうして手袋をつけてるのかも、僕は知ってるんだけど。絶対、明かせないし……）

潔癖症。

そういうことにしておく手も、なくはないのだろう。

ただし、その場合、想星は白森《しらもり》にはっきりとした嘘《うそ》をつくことになる。

「……どう……なんですかね。僕には、ちょっと……何とも……」

「人が嫌いなんじゃない？」

モエナは口の中に何か入れている。飴《あめ》だろうか。別のお菓子だろうか。

「あたしには理解できないけど、人間全般が嫌いって人もいるみたいだし」

（……そんなふうに見えちゃうよなぁ、あれだと）

想星は渋面を作った。左腕も胸も痛い。我慢できる程度だが、痛いことは痛い。

（でも、そういうことじゃない——）

「嫌われてはいないはず」

白森はきっぱりと断言した。

「だって、羊本《ひつじもと》さん自身が言ってたから。嫌いとかじゃないって」

「……あすみん」

モエナの眉がハの字になっている。口の中の食べ物はなくなったようだ。

「誰だって、面と向かって嫌いとは、なかなか言えないもんだよ……？」

「えー。じゃ、モエナは？」

「あたし？」

「じつはあたしのこと、嫌いだったりする？」

「嫌いなわけないし！」

「知ってるー。あたしもモエナ、めっちゃ好き」

「……やめてっ。恥ずいわ、そういうの」

モエナの頬《ほお》がみるみる紅潮する。もう真っ赤っかだ。想星は右手でそっと顔の下半分を覆った。

（僕まで若干恥ずい……）

しかし、白森《しらもり》は照れるどころか真顔だ。

「嫌いって言われたら、そっか、そうなんだって思うしかないけど。そうじゃないのに、この人、あたしのこと嫌いなのかな、みたいに疑うのは、なんかいやだなって。疲れるし。暗くなっちゃいそうだし。だから、羊本《ひつじもと》さんはあたしのこと嫌ってない。あたしはそう思ってる」

(なんて——)

想星《そうせい》は手で口を覆ったまま、目を伏せた。白森を直視できない。

(まっすぐにも程が……だけど、あながち間違ってないんだよな、あすみんは。羊本さんはあすみんが嫌いなわけでも、人間嫌いなわけでもなくて——)

想像がつかない。

羊本くちなが普通の学生生活を送っている。友だちに囲まれて、何かおしゃべりしている。たわいのないことで笑いあう。たとえば白森とモエナのように連れだって歩き、ふざけあっている。そんな姿を思い浮かべるのは容易なことではない。

「あすみん」

いったん落ちついて、とばかりに、モエナが個別包装された飴《あめ》を白森に渡した。モエナは想星にも色違いの飴をくれた。個別包装を破り、マスクメロン味の飴を口に入れながら、想星は傷とは別の痛みを覚えていた。

（メロンの味……甘いな……甘くて、切ない……）

羊本は、こんなふうに友人から手渡された飴を受けとることさえ、ためらわずにいられないだろう。

大丈夫だ。手袋をつけている。素肌で相手にふれなければ問題ない。

あのチートの持ち主ではないから、そんなことが言える。

羊本は生まれつき、ふれただけで他人の命を奪ってしまう。自分自身と他者が生と死とで完全に分け隔てられている。

壁。

まさしく初めからそこにある壁だ。

想星と羊本では事情が違う。まるで違う。しかし、想星も好むと好まざるとにかかわらずチートを持つに至った者だから、推測が及ぶ部分もいくらかはある。

想星がそうであったように、おそらく羊本も自分のチートを把握しようとしてきたはずだ。そのためには、試すしかない。何がしかの記録や知見があったとしても、結局は自分自身で試行錯誤を重ね、チートの性質、限界などを見極めるしかないのだ。

想星は死を繰り返すことで見えてきた。

羊本はどうか。

（――殺すしかない。どこまでは死ななくて、どうやったら死ぬのか。殺すしか……）

思うに、仕事を通して羊本《ひつじもと》は確かめてきたはずだ。

たとえば、手首を掴《つか》む。相手は死ぬ。

首筋をさわる。相手は死ぬ。

指先が耳朶《じだ》を掠《かす》める。相手は死ぬ。

こうして手袋を嵌《は》めて、素手でなければ、さわっても相手は死なない。

死なない——はず。

本当に？

何があっても？

何度さわっても？

もし手袋がほつれていたら？

この力は一定？　不変？　変わらない？

そのうち手袋をつけていても相手を殺せるようになるかもしれない。そんなことはありえないと、誰が言えるだろう？

明日、いいや、今日、それが起こるかもしれない。

(——怖い。怖すぎる。無理だ。僕だったら、家から出られなくなっちゃうかもしれない。仕事のとき以外は、家に閉じこもって……何だ、それ。そんなの、何のために生きてるんだよ。やってられないだろ。……でも、羊本さんは学校に来てる——)

「想星《そうせい》？　どしたー？」

白森《しらもり》が想星の顔の前で手を振っていた。想星はのけぞった。

「……ぁっ。いえ、べ、べつに、どうも……」

「なんか、煎じ詰めたような顔してたけど──」

白森が聞き覚えのない表現を使うと、すかさずモエナが「思い詰めたような？」と言い換えた。

「あ、それ！　思い詰めてた？」

「……考えこんではいた……かな？」

「で？」

「……で？」

「何か閃《ひらめ》いた？」

「いやぁ、それは……」

想星は唸《うな》った。

羊本が態度を軟化させるとは思えない。どうやっても無理なのだと、白森を説き伏せたほうがいいのか。やめさせて、と羊本に言われた。想星は羊本の期待に応えるべきなのだろうか。

（説得……なんて、とてもできそうにない、けど──）

白森《しらもり》が断念したら、羊本《ひつじもと》はもとの静かな暮らしを取り戻す。

不可視の壁に囲まれて、他者に煩わされることがない、平穏で、孤独な時間を。

（──本当に、それでいいのか？）

「だけど……」

モエナがため息交じりに言った。

「べつに嫌いじゃない人でも、あんまりしつこくされたらやっぱりうざいし、いやになっちゃうかも。あたしだったら」

「んん……」

白森はがっくりと肩を落とした。肩の高さが目に見えて変わる落とし方だった。

「……そうだよね。あたしは軽くでいいから話してみたいだけなんだけどなぁ……」

「うぅーん……」

想星《そうせい》は腕組みをした。この姿勢は左腕も胸も痛い。

（でも……うまくいかないからってやめちゃったら、何も変わらないんだよな。変わらない──変わる……僕は、変えたいのか）

白森とモエナをちらりと見る。想星は白森を傷つけ、モエナを憤慨させた。想星が悪い。全面的に想星のせいだ。罪悪感は拭えない。

それでも、その二人とこうして昼休みに語らっている。

（ここに、羊本さんがいたら――）

想星はいい。一緒でなくてもかまわない。ここに白森がいて、モエナがいて、羊本がいる。三人で何か話している。

現状では夢物語だ。羊本が白森を拒絶している。

（確実に、余計なお節介なんだろうけど……）

羊本が受け容《うい》れさえすれば、そんな日がやってくるかもしれない。

「僕が、話して……みようかな……」

自信のなさが如実に表れて、声がやけにか細くなってしまった。

白森とモエナの視線が想星に注がれた。二人はただ見ているだけなのだろうが、集中砲火を浴びているかのような心地がした。

「……や、羊本さん、聞く耳持ってくれないかもだし、何だろうな……まあ、だから、やるだけやってみるっていうか、こう……うん、話すだけ話してみようかな、と……もうほんとに、それだけなんだけど……」

「想星」

突然、白森が想星の両肩に手を置いた。衝撃が傷に響いて、想星は危うく呻《うめ》いてしまうところだった。

「お願い！　想星を信じて、任せるから！」

（——信じられても……）

近すぎるこの距離感も相俟《あいま》って、大いに困る。

「……はい」

想星《そうせい》としては、人間の可聴域にどうにか入る音量で答えるだけで精一杯だった。

（それでも、僕は……羊本《ひつじもと》さんに、変わって欲しいと思ってる——）

†

作戦は単純だ。

こちらから何らかの働きかけをする気配を羊本に察知させない。すなわち、いったんあきらめたふりをする。ようは、普通に過ごす。

放課後、想星は以前はたいていそうしていたように、さっさと教室を出る。白森《しらもり》とモエナにも適宜、帰ってもらう。

想星は一度、校外に出て、そのへんで時間を潰す。ある程度したら、教室に戻る。羊本がいれば、決行する。もしまだ彼女が想星たちを警戒していて下校していたら、翌日も同じことをする。

気長に繰り返していれば、いずれ機会が巡ってくるだろう。

（――と、思ってたんだけど、な……）

読めない人だ。

教室の戸には窓がある。想星はその戸から教室の中を覗《のぞ》いていた。

彼女は、いた。

窓際一番後ろの席で頬杖《ほおづえ》をついている。

（正直、今日は帰っちゃってるだろうなって……）

何なら、明日も、少なくとも数日、一週間か十日程度は、彼女の警戒態勢が解かれることはないだろう。

そんな想星の予想はあっさり外れた。

（やばい。どうせいないでしょ、くらいの感じだったから……動悸《どうき》が……）

胸がどきどきして打撲傷が疼《うず》く。

想星は引き返したくなった。

もちろん、そういうわけにはいかない。

（こういうときは――）

経験上、逡巡《しゅんじゅん》すればするほど身動きがとれなくなる。

想星は教室の戸を開けた。

普段の羊本くちなであれば、無反応だ。微動だにしないで窓の外を眺めている。

今日は違った。彼女はこちらに顔を向けた。即座だった。想星《そうせい》が戸を開けきる前に、彼女は動きはじめていた。

まるで待っていたかのようだった。

（そんなことはないだろうけど——）

前もってそうすると決めていたかのように、彼女は机に掛けてあった鞄《かばん》を掴《つか》みながら立ち上がった。

「まっ、ひっ……」

彼女とは対照的に、想星は慌てた。教室には出入口の戸が前後に一つずつある。想星は前方の戸を開けた。彼女は後方の戸へと向かおうとしている。それなのに、想星は前方の戸口で両腕を広げた。

「まま待って、羊本《ひつじもと》さん、えっと——」

彼女は想星を見て足を止めた。両目が台形になっている。完璧な台形ではない。けれども、印象としては台形に近い。目を見開いた上、眉をひそめた結果だろう。彼女はどうやら驚き戸惑っているらしい。

きっと想星が通せんぼしようとしているからだ。

前方の戸口で。

彼女は後方の戸から教室を出ようとしていたのに。

「あっ……──」

想星の顔面から火炎が噴き出た。そう錯覚するほど熱かった。

「えええぇぇ……」

自分がずいぶんと間の抜けたことをしているという認識はあった。それはありすぎるほどあった。挽回《ばんかい》するか、もしくは正さないといけない。それで想星は、両腕を広げたまま横歩きしはじめた。このまま後ろの戸の前まで移動すれば、彼女の行く手に立ちふさがることになる。もともと想星はそうしたかった。ちょっとした手違いで、わけのわからない無意味な行為に及んでしまった。

彼女は台形の目で想星を追った。とうとう後ろの戸の前に到着するまで、彼女は想星から目をそらさなかった。

「──待って」

想星は心機一転、やり直すことにした。できればさっきのあれはなかったことにしたい。さも最初からここにいたかのように、想星は振る舞おうとした。

「羊本さん、待ってくれないかな」

彼女は目を閉じた。ふたたび開けたときにはもう、彼女の両目は台形ではなかった。上部が欠けた半円をなしていた。

呆《あき》れ果《は》てている。そんな目つきだった。

「わたしに何を待てと言うの」

「は、話を、聞いてもらえないかな、と……」

「ここではいや」

「……え？」

「こんなところで二人きりだと」

「二人──きりだと？」

「またあなたを殺してしまいそうだから」

「あぁ……」

想星《そうせい》はうつむいた。うなずいてもいいのか、どうか。

「……じゃあ、外で」

羊本《ひつじもと》はうなずかずに「ええ」と短く応じた。

（ん……？）

想星は首を傾《かし》げた。

「ええ？　え？　いいの……？」

「何してるの」

羊本は顎を右方向に振ってみせた。

「邪魔。どいて」

「……ご、ごめん」

想星が脇にどくと、羊本は戸を開けて教室から出ていった。想星は泡を食って彼女に続いた。

逃げるつもりはないのか。羊本はとくに速くも遅くもないペースで歩いてゆく。想星はおとなしくついていった。

玄関で靴を履き替え、外に出て、校門を通り抜けた。はたと気づいた。

(――もう外だ)

想星は前を行く羊本に、ここはもう外だよ、と伝えるべく咳払《せきばら》いをした。彼女は知らんぷりをしている。

「あの、羊本さん……?」

「何」

振り向かないし、速度を落としもしないが、返事をしてくれた。

(……いやいや、そんなので喜んでどうする……)

想星はまた咳払いをした。

「その、だから、話を……ね? 聞いてくれると、ありがたい……な、と」

「話したければ話せばいい」

「何だろう、こう……前後に並んでると、話しづらい……かな」

「そう」

「……そうでもない？」

「べつに」

「でも、人間の耳って、後ろからの音は聞こえづらくできてたり……しない？」

やはり想星《そうせい》の声が聞こえづらいのか。単に聞く気がないのか。羊本《ひつじもと》はそれきりうんともすんとも言わなくなった。

あっという間だった。もう地下鉄の駅の出入口が間近に迫っている。

「ひ、羊本さん!?」

想星が大きな声を出すと、ようやく羊本は立ち止まってくれた。

「何」

振り返りはしない。壁があるというより、彼女が壁だ。壁とは羊本くちなのことなのではないか。想星にはそう感じられた。

「……これから──そのぉ……どうする、の？」

「帰る」

「それは……家に？」

「あなたには関係ない」

「えっ──だって、話が違う……」

「話を聞けと、あなたは。話したければ話せばいいと、わたしは言った」

「ちょっ……だっ――もっ……もっと落ちついて話せるような、状況っていうか、環境っていうか、僕としては、だからええと、お、お願いします！　どこか、たとえば喫茶店とか、ファストフードのお店とかで、十分でも五分でもいいから！」

「わたしは外で食べたり飲んだりしない」

「それはっ――……なんで？」

羊本はため息をついた。彼女は落胆していて、それを表明していた。少し攻撃的でもあった。高良縊《たからい》想星、あなたには失望した。そんなふうに言いたげなため息だった。

「安全性を担保するのが難しい」

「……安全、性。……あぁ……そっか。うん。わかるけど……」

想星と羊本は同業者だ。あのような種類の仕事を生業《なりわい》としている者には、それ相応の用心というものが必要となる。人殺しはいつ殺されてもおかしくない。今この瞬間、自分が標的になっているかもしれない。

（――一回、毒を盛られてるしね？　僕……羊本さんに。狙われてる可能性がある場合は、気をつけなきゃいけないけど。……もしかして、あやしまれてる？　僕が羊本さんを狙ってるかもって？　いや――）

「しないよ？　僕、そんなこと。する理由がないし……」

「何をしないの」

「……大丈夫だよ？　どうしても不安だったら、僕が毒味をしてもいいし」

「わたしがやってみせたように」

羊本《ひつじもと》は微《かす》かに唇の両端を吊《つ》り上《あ》げた。

元町《もとまち》の家で、彼女は想星《そうせい》に毒入りの水を飲ませた。

「もっと……厳密にやるよ。ごまかしようがないように。僕が一口飲んだり食べたりして、平気かどうか確かめたものなら――」

「高良縊《たからい》くんが口をつけたものを、わたしが」

「やっ、そうじゃなくて……そうじゃなくないか。僕が言ってるのはそういうことか。そうだよね。それはよくないな。何だろう……衛生的に？」

「そんなに不衛生なの」

「……清潔にしてるつもりだけど。これでも、自分なりに、最大限……ていうか、あの、僕のこと、からかってる？」

「いいえ」

羊本は半開きの目で想星を見ている。何を考えているのか。どう感じているのか。想星には計り知れない。

(――けど、羊本さんは僕と会話してくれてる)

これが一縷《いちる》の望みで、生命線だ。断ち切られてしまうわけにはいかない。どうにかして話を繋《つな》ぐのだ。

「あぁっ、そうだ、なんか……何かない？　ほら、えぇ……た、食べ物。飲み物でもいいけど。好きな……好物？　甘い物……とか？」

「甘い物は食べない」

「え、どうして？」

「……ほとんど食べたことがないから」

「そう――」

なんだ、と呟《つぶや》くように言いながら、想星は身につまされるものがあった。

（べつにおいしいもの食べまくったりしてもいいわけだけど……なんとなく、そういう気になれないんだよな。羊本さんも同じだったりするのか――）

「……で、でも、ない？　好き嫌いっていうか。甘い物があんまりなら、しょっぱい物とか。あとは――すっぱい物とか？　それから、辛い物？」

「しょっぱい……」

羊本の目が一瞬、泳いだ。

たぶん今、何か思いついたのではないか。

（しょっぱい物――醤油《しょうゆ》？　塩？　味噌《みそ》？　調味料じゃないか、違う、具体的な……）

想星《そうせい》は早くも両手を上げて降参したくなった。

（僕も食には疎いんだった。疎すぎなんだよ。モエナさんなんかは詳しそうだけど。いや僕だって、何の知識もないわけじゃ……しょっぱい物と言えば――）

「フライ……」

想星は自分で言っておいて、何のことなのか、すぐにはわからなかった。

（――フライ？　ショートフライ？　なんで野球？　なんでショート？　違うか、違うな、フライ……食べ物の、フライ……揚げ物？　何フライ？　あじフライとか？　食べたことあるのか、僕？　フライ――代表的なフライ……海老《えび》フライとか？）

よさそうなのではないか。海老フライ。メジャーな食べ物だ。給食でも出たりしそうだ。きっと想星も食したことがある。記憶はないが。

（あすみんと食べた天ぷら蕎麦《そば》の海老天《えびてん》はすさまじくおいしかったし、海老フライもおいしい。海老フライ。ある。あるよ。あれ？　天ぷら蕎麦もしょっぱい系かな？　麺物って、だいたいしょっぱいか？　麺物も人気がありそうだよな。ラーメンとか――）

「ぽてと」

羊本《ひつじもと》はなぜか横を向いてそう言った。小声だったが、発音は明瞭だった。にもかかわらず、想星はそれが示すものを思い浮かべるのに三秒ほど要した。

「……ぽてと。じゃがいも？　ポテト……」

「ふらい」

羊本はまだ横を向いている。

「……ふらいどぽてと」

「フライドポテト！」

想星は思わず叫んでしまった。

「あぁ！　フライドポテトか！　おいしいよね、フライドポテト！　僕はまあ、頻繁に食べるわけじゃないけど、ていうか、数回しか食べたことないかもしれないけど、しょっぱくて、揚げたイモの味がして、塩と、イモ……そりゃそうか……」

「食べたことはない」

「ないのっ⁉」

「ただ――」

羊本は斜め下を見やっている。そこにあるものを見ているわけではないだろう。目には見えないものを、たとえば埋もれていた記憶を、掘り起こそうとしているのか。

「出店が出ていて。いつか……何かの、お祭りで。フライドポテト……フレンチフライ、だったかも。匂いがした。そのことを思いだして――」

想星も思いだした。

似たような出来事があった。

父を殺したあとだ。それまでは自由に行動することなどできなかった。近所の神社で催される例大祭に初めて出かけた。めずらしく姉が行ってもいいと許してくれたのだ。日が落ちる頃だったろうか。薄暗かった。出店が並んでいて、目がちかちかした。想星《そうせい》の財布には五千円札が一枚入っていた。それだけあれば何だって食べられる。玩具《おもちゃ》のたぐいも買える。アメリカンドッグ。焼き鳥。おでん。たこ焼き。りんご飴《あめ》。チョコバナナ。綿飴。そして、フライドポテト。目に映る食べ物すべてに食欲をそそられた。景品が当たるくじも引いてみたかったし、射的は自信があった。用途のわからない様々な玩具はどれも宝物に見え、喉から手が出るほど欲しくなった。それなのに、想星は財布に五千円札を入れたまま家に帰った。

『楽しんできたの、想星？』

姉にそう訊《き》かれた覚えがある。

想星はたしか嘘《うそ》をついた。

『うん。楽しかったよ、姉さん』

振り返れば、苦しいだけだった。あの暗闇で死んだ子供たちや、この手で息の根を止めた浮彦《うきひこ》のことがどうしても頭から離れなかった。姉に命じられて殺した人びとのことはあまり考えなかった。仕事の標的になるようなやつらは死んで当然だし、どうでもいい。平気で人を殺す高良縊《たからい》想星に相応《ふさわ》しい居場所が、この世のどこかにあるのだろうか。

「食べたほうがいいよ」

勇気を振りしぼったわけではない。追い詰められ、そうせざるをえなくなった。そんな心境で想星は進み出て、羊本《ひつじもと》の左手首を掴《つか》んだ。

羊本は全身を硬直させた。素肌ではなく、想星は袖の折り返しの上から彼女にふれている。もっとも、仮に彼女が半袖の服を着ていても、同じことをしただろう。たとえそれで一度死んでしまうとしても。

「今から食べに行こう。フライドポテト」

羊本は答えない。瞳孔が拡大していて、目が二つの穴のようだ。ただ驚いているのか。怯《おび》えているのだろうか。いずれにせよ、彼女は想星の手を振りほどこうとしない。

「ハンバーガーショップとか。ファミレスでもいいし。このへんにも──」

想星はあたりを見回した。三十メートルほど先の車道を挟んだ右手に、有名なファミレスチェーン店の看板が掲げられている。

その手前にバス停があった。バスを待っているのだろう。人が並んでいる。十人にも満たない。七人か、八人か。想星は目を疑った。

「っ……」

羊本が小さな声を漏らした。想星が驚愕《きょうがく》のあまり彼女の左手首を強く握ったせいだ。

「あ、ごめんっ……」

とっさに謝罪して力を緩めたものの、放しはしなかった。羊本《ひつじもと》が睨《にら》んできた。想星《そうせい》は気《け》圧《お》されそうになったが、なんとか持ちこたえた。バス停が気になり、そちらを一瞥《いちべつ》した。いない。

さっきはいた。

バスを待つ列の中に、マッシュルームカットの人物が。

しかも、想星のほうを見ていた。目が合ったとまでは言いきれない。しかし、顔はこちらを向いていた。

(木野下璃亜武《きのしたりあむ》だった)

ありえない。

木野下は死んだはずだ。想星が殺した。命を奪った際のあの感覚が何かの間違いということは、まったくもってありえない。

他人の空似ではないのか。髪型は特徴的だった。でも、マッシュルームカットはめったに見かけないというほどでもない。体格や服装にしてもそうだ。

おかしな点はある。

今、バス停前の列に、木野下に似た者が一人もいない、ということだ。

(さっきはいた——のに……)

だとしたら、いなくなったのか。

それとも、見間違いか。

木野下らしき人物は列の何番目に並んでいただろう。先頭ではなかった。最後尾でもない。二番目か、三番目か。

「放して」

地の底から湧き上がってきたかのような低い声だった。

見ると、羊本の眼光に明らかな殺意が宿っていた。それも、殺《や》ってやる、とすごんでみせているのではない。獲物を確実に仕留める。殺しきる。職業的な殺し屋の殺気だ。

（……本気だ。羊本さんは――）

想星は腹を決めた。

「ポッ、ポテッ、ポテトッ、を……！」

殺るなら殺ればいい。強い覚悟を持って臨んでも、どもってしまった。

羊本はまだ殺す気満々といった目つきで、どうにか想星の右手から自分の左腕を引き抜こうとしている。そうはさせまいと、想星は頑強に抵抗している。

純粋な力比べなら、さすがに想星に分がありそうだ。打撲傷を負っている胸は疼《うず》くが、これくらいはなんでもない。

「ポテーッ！　トッ、をっ！　ポテェーッ……！」

「っっ……！」

羊本《ひつじもと》の顔が赤くなってきた。痛いのか。これだけ想星《そうせい》が腕を引っぱっている。痛くないわけがない。

(——いっそ、殺してくれないかな……!?)

想星にも意地がある。この期に及んで手を放すことはできない。

「ポテーッ、トッ、ポテェートッ、をっ……——」

しかし、意地を張ることがそんなに大切なのか。羊本は真っ赤に染まった顔中を皺《しわ》だらけにし、唇をぎゅっと引き結んでいる。そうとう我慢しているのだ。

(これ以上は——)

想星の心が折れる。その寸前だった。

「今日は、いい」

羊本が絞りだすように言った。

(……今日は、いい)

想星は呆然《ぼうぜん》と彼女の言葉を反芻《はんすう》しながら手を放した。

(今日はって、ことは——)

羊本は想星に背を向けてうつむいた。肩が震えている。

「え……」

泣いているのか。想星は一瞬、そう疑った。彼女を泣かせてしまったのか。

（いや……なんか、違う——ような……？）

羊本は「っ……っ、っ……っ……」と断続的に声未満の音を発している。それに合わせて、彼女の肩というか背中が上下動している。

泣いているように見えなくもないが、別の感情表現ともとれる。

（……笑ってる？）

とはいえ、長くは続かなかった。せいぜい五秒といったところだろうか。

羊本は、ふうっ、と息をつき、もう大丈夫、というふうにうなずいた。

それから、半分だけ顔を振り向かせた。

「……あ」

「また明日」

想星はつい応じてしまった。

「うん、また明日」

「鶏《にわとり》じゃないんだから」

そう言い残して、羊本は歩きだした。地下鉄の駅には下りてゆかない。彼女はどこに行くのだろう。

「鶏……」

どうして彼女は去り際にあんなことを言ったのか。

「あぁ。ポテト――」

合点がいった。

（ポテッ、ポテェートッ、みたいに言ってた。たしかにちょっと鶏《にわとり》っぽい――）

やはり彼女は泣いていたのではない。

笑っていたのだ。

Ø9　僕たちに明日があるなら

夢を見た。

もう何年もの間、数えきれないほど見てきた夢だ。眠っていても、ああ、あの夢だと、すぐに気づく。

あの暗闇で、自分と似た境遇の子供たちと殺しあう夢。——殺しあう？

違う。息を潜めているだけだ。決着がつくのを待っている。いずれ自分も殺される。でも、それは最後だ。互いに殺しあい、生き残った者が自分を殺す。すべてが終わる。

そのはずだったのに。それでいいと思っていたのに。

ああ、浮彦《うきひこ》。

最後に生き残ったのがきみだなんて。

きみに、殺してくれ、と頼まれるなんて。

これは夢でしかないけれど、何度殺してもいやなものだ。

本当の意味で手に掛けたことを後悔しているのは、浮彦、きみと、もう一人だけ。

高良《たから》縊《い》リヲナ。

リヲ姉《ねえ》。

「どうしてもお父さんを殺すつもり？」

リヲ姉《ねえ》の膝の上に、伏せられた本が載っている。その重みでへし折れてしまいそうなほど、彼女は華奢《きやしや》に見える。

「家族同士で傷つけあうなんて不幸なことだわ」

「もう決めたんだ」

レースのカーテンが揺れている。少しだけ窓が開いている。

リヲ姉はベッドの上に重ねたクッションを背にして、静かに座っている。

「どうしてリヲ姉は父さんを庇《かば》うの？」

「だって、家族だもの」

「あの人が僕たちにしたことを考えてよ」

「つらかったのね、想星《そうせい》」

あたりまえじゃないか。言うまでもない。かっとなってリヲ姉に襲いかかる。組み敷いて見下ろすと、彼女は微笑《ほほえ》んでいる。たまらなく悲しくて、微笑むしかないのだ。弟に殺されようとしている。だから悲しいのではない。彼女は弟を憐《あわ》れんでいるのだ。

「あなたのことを愛しているわ」

彼女は薄っぺらくて細い両手を差しのべる。骨のような指先で弟の頬《ほお》を撫《な》でる。

「遠夏《とおか》のことも、お父さんのことも、愛してる。家族だもの」

「わからないよ、リヲ姉」

「仕方ないわ」

姉が目をつぶる。首を絞めるつもりだった。でも、姉の首は細すぎる。あまりにも細すぎて、簡単に握り潰せそうだ。姉をそんなふうに殺す度胸はない。やむをえず、クッションを手にとってそれを姉の顔面に押しつける。これで姉は息ができない。同じように、弟も息ができなくなる。姉は父が高名な巫女《みこ》に産ませた形代人《かたしろびと》で、姉を傷つけた者は同じ傷を受ける。姉を苦しめれば、弟も同じだけ苦しむ。姉を殺し、弟も死ぬ。

「仕方ないわ」

「仕方ないわ」

「仕方ないわ」

あの言葉が何度も響く。

父は毒王《ベネノザ》。存在そのものが人を死に至らしめる毒。父の体液には毒性があり、その呼気さえも危険極まりない。父はありとあらゆる毒物に精通している。父はその毒で息子を異常発汗させ、嘔吐《おうと》させ、頭痛、腹痛、眩暈《めまい》、呼吸障害を引き起こさせて、痙攣《けいれん》させ、あるいは麻痺《まひ》させて、臓器の機能を阻害、もしくは臓器自体を破壊し、何度も、何度も殺した。十四回。そう。十四回だ。父は息子を思う存分苦しめて、十四回、殺した。その間、姉の言葉が何度となく聞こえた。「仕方ないわ」、「仕方ないわ」と。

「盾突くからだ。愚か者め。思い知れ」

父の嘲《あざけ》りよりも、姉が残した「仕方ないわ」という言葉のほうが弟には重かった。だから平気だった。姉を殺したことによる一回の死に比べれば、父がもたらした十四回の死など何ほどのこともない。父がついに、それまで絶対に犯さなかったミスをしても、喜びはなかった。微塵《みじん》もなかった。ただ、計画どおり、と感じただけだった。

「見たわね、お父様」

もう一人の姉は絶好の機会をうかがっていたのだ。父が弟を繰り返し殺している間、弟が父に殺されまくっている間、そのタイミングを計っていた。それが姉弟の計画だった。用心深い毒王《ベネノザ》にも慢心があったのか、油断、不注意か、いいかげん息子を毒殺するのに飽き飽きしたのか。突如として目の前に現れた姉を、父がまともに見てしまう。高良《たから》縊遠夏《いとおか》の目を。

「ああ！」

父が叫ぶ。じつにいい声で毒王《ベネノザ》が鳴く。リヲ姉《ねえ》の声がする。「仕方ないわ」ほんの一瞬でいい。ゼロコンマ数秒、見つめあっただけで崩壊させてしまう。遠夏姉さんの目が木っ端微塵に打ち砕く。ギリシア神話に登場するゴーゴン三姉妹の目のように石化させるわけではない。生まれつきその目に宿る何か途方もない邪悪な力が、彼女と見つめあった者の精神を粉砕する。邪視と言い、邪眼とも言う。

「あぁぁ！　ああ！」「仕方ないわ」「おお！　あぁぁ！」「仕方ないわ」

父が絶叫し、死んだはずの、この手で殺したはずのリヲ姉の声がこだまする。父は自身が分泌する毒液と息子の血にまみれた両手で顔面を掻《か》きむしる。右手の指を鼻孔に突っこみ、掻き回す。左手で唇を引きちぎる。父はのけぞって、転げ回る。拳を喉の奥まで突き入れながら、手首を噛《か》み切《き》ろうとしている。「仕方ないわ」「仕方ないわ」

リヲ姉がどこかで言っている。仕方ない。そうだ。仕方ない。

「あはは！　あは！　あはははは！」

遠夏姉さんがけたたけた笑う。馬鹿笑いしている。どうしたことか、遠夏姉さんは笑いながら左右の手を、その指を、両の眼窩《がんか》に食いこませている。高笑いしながら自分の眼球を、毒王《ベネノザ》さえ恐れた邪眼を、生まれ持った最大の武器を、抉《えぐ》り出《だ》そうとしている。

姉さん？

遠夏姉さん？

何をやっているの、遠夏姉さん？

「おおおあぁぁああ！　わあああぁぁああぁぁああぁぁああ！」

「あははははは！　あははは！　あははははははは！」

「仕方ないわ」

どうして？　リヲ姉？　なんで——

「だって、家族だもの」

この手で殺したはずのリヲ姉《ねえ》が囁《ささや》く。弟の耳許《みみもと》で、はっきりと。

いるの？　リヲ姉？

彼女を捜す。見あたらない。どこにも。正気を失い、自分で自分を窒息させようとしている父と、愉快そうに笑いながら抉《えぐ》り取《と》った二つの眼球を誇らしげに高々と差し上げているもう一人の姉、そしてその弟しか、ここにはいない。でも、彼女の声が聞こえる。

「——家族同士で傷つけあうなんて不幸なことだわ」


目が覚めた。

想星《そうせい》は身を起こして部屋の中を見回した。

あの声が耳にこびりついている。

リヲ姉の声が。

ドアだ。ドアの前に、何か黒っぽい、冷たいものがわだかまっている。カーテンを開けたら、それは雲散霧消してしまうかもしれない。

想星は寝汗で湿ったタオルケットを払いのけ、ベッドから下りた。ドアに近づいてゆく。黒いものはまだそこにある。まだそこにいる。

不意に何か声がした。後ろのほうからだ。よく聞きとれなかったが、リヲ姉の声だ。

想星は振り返った。いない。誰も。異状は認められない。

ドアに向き直ると、あの黒いものは消え失《う》せていた。

「リヲ姉……」

高良縊《たからい》リヲナは死んだ。想星が殺した。想星も死んだ。生き返ってから確認した。彼女は息をしていなかった。心臓も止まっていた。それはもう姉ではなかった。姉の形をしているだけだった。姉の遺体だった。

（あの感覚があったのか、なかったのか、僕にはわからない——）

想星は姉を殺した。

けれども、果たしてその命を奪ったのか。姉の死は自分自身の死と同時だった。そのせいで、あの感覚がわからなかっただけなのか。

姉を殺し、想星は死んだ。本来はプラスマイナスゼロのはずだ。

しかし、想星は姉の命をカウントしていない。あれをプラス1とは見なさなかった。確証がないからだ。

（僕は、リヲ姉は死んでないと思ってる……）

魂なのか。霊体のような形なのか。高良縊リヲナは肉体から離れて今も生きている。

（父さんにとどめを刺した遠夏《とおか》姉さんから……邪眼を奪った。罰を与えた。あれはリヲ姉がやったことなんじゃないかと、僕は疑ってる——）

†

シャワーを浴びたり朝食をとったりしているうちに、だいぶ気が静まった。

（よく見る夢じゃないか。バリエーションの一つでしかない。ちょっとめずらしいっていうか、初めてのパターンだけど。きっと、木野下《きのした》の幻覚なんか見たせいだ――）

姉は――もちろんリヲ姉《ねえ》ではなく、もう一人の姉は、事態の収拾を図って奔走しているようだ。昨夜も連絡はあったが、いつもどおり普通に生活していろと厳命された。当面、仕事どころではなさそうだ。想星《そうせい》としてはありがたい。

木野下のものらしき死体が発見されたという報道はない。姉の話によると、少なくとも昨夜の段階では、組織もまだ見つけていない。

殺したのにもかかわらずあの感覚がなかったのは、今までたった一度きり、リヲ姉のときだけだ。

死体の件は気になるが、想星は木野下を仕留めた。彼は死んだ。誰が何と言おうと、その事実は動かない。

（やるべきことはやった。姉さんに言われたとおり、僕は仕事をした）

ただ死体が見つかっていないだけだ。

（けっこう大変だったんだ。あとのことは知らない。どうだっていい――）

想星は支度をして家を出た。

姉の命令だ。いつもどおり普通に生活する。

仕事を離れれば、高良縊《たからい》想星はどこにでもいるごく普通の高校生だ。そうありたいと願っているし、そうあるべきだ。

昨夜は姉以外からも連絡があった。白森《しらもり》だ。ラインが来た。想星は知らなかったのだが、複数人でグループを形成し、その間でメッセージをやりとりする機能があるらしい。白森とモエナ、想星、三人のグループが結成された。ある理由によって、グループ名は「ぽてと会」に決まった。命名者は白森だ。

ぽてと会での取り決めで、今朝は平常どおり行動することになっていた。

想星はとくに早くも遅くもない時間に登校した。教室にはすでに半分くらいの同級生がいた。白森がいて、モエナもいて、普通に挨拶をした。ワックーの「チョイーッ！」にもだいたい普通と思われる程度の力具合で返した。羊本《ひつじもと》は窓際一番後ろの席で頬杖《ほおづえ》をついていた。少しほっとした。

美島曜《みしまよう》が長い袖を振りながらふらふらと近づいてきた。

「そーちゃん、ほはよふー」

「……おはよう、美島くん」

「みっしーかよっしーがいいなー」

「え……？」

「みっしーかよっしがよかったなー……」

美島《みしま》はなぜか同じ内容を過去形にして繰り返した。肩を落として、ただでさえ長い制服の袖がもっと長く見える。えらく意気消沈しているようだ。どうやら、美島くん、という呼び方がまずいらしい。

「……みっ——よ……いや……みっしー、おはよう」

美島は満面に笑みをたたえた。

「ほはよふー」

（……何なん？）

とは思ったが、美島の笑顔には人を惹《ひ》きつけるものがあった。そんなふうに笑ってもらえるのなら、彼をみっしーと呼ぶくらいのことはしてもいい。

（若干恥ずかしいけど……）

そのあと雪定《ゆきさだ》と話していたら、美島の名前が出た。

「みっしー、おもしろい人だよね」

「……あ、雪定もみっしーって呼んでるんだ？」

「前は普通に美島くんって呼んでたけど、何か悲しそうだったから」

「みっしーかよっしー、どっちがいいって言われて、迷ったんだけど……」

「美島曜《よう》だから、みっしーなら二文字で、よっしーは一文字だけだよね」

「あぁ。美島のミシと曜のヨ。そうか。そうだね……」

「想星《そうせい》は、名字か下の名前かで選んだ？」

くすくす笑いながらそんなことを言う雪定は、ときどき妙に勘が鋭い。放課後どこかへ行って遊んだりするほど親しくはないが、想星の性格を把握している。

（敵なら怖いけど、友だちとしては――）

授業中に考えていて気づいたのだが、どうも想星の中には矛盾があるようだ。

（仕事のことは当然、誰にも打ち明けられない。僕には隠さなきゃならない部分がある。ようするに、学校では普通の高校生っていう仮面を被《かぶ》ってるんだ。結局これが仮面でしかないってことを、見抜かれるわけにはいかない。あたりまえだ。仕事のことがバレたら困る。下手をしたら、口封じのために――）

もちろん、想星はやりたくないが、姉の意見は違うだろう。

（……たとえば、だけど。口封じのために、誰かを……友だちを消せと、姉さんに命じられたら、僕は――）

唯々諾々と従うのか。

それとも、姉に逆らうのか。

（どっちも選びたくない。そんなことにならないように、見抜かれちゃいけないんだ。でも……妙に鋭い雪定《ゆきさだ》を、僕は好ましく思ってる。急に距離を詰めてきた美島《みしま》くん——みっしーに対しても、戸惑いはあるけど、興味を引かれてる。あんなことがあったのに僕と友だちでいてくれようとしてるあすみんには、本当に感謝しかなくて……いや、違うな。感謝だけじゃない。できることなら、この先も友だちでいたい——）

想星《そうせい》はなるべく危険を冒すべきではない。極力、ひとを寄せつけないほうがいい。羊本《ひつじもと》くちなのように、他者との間にしっかりと距離を置くべきだ。想星自身ために。そして、他の人びとのためにも。

（わかってるのに。……わかってるはずなのに、僕は——）

それは、高良縊《たからい》想星のような人間には過ぎたる望みなのかもしれない。身の程を知るべきなのかもしれない。

（まったく、誰にもわかってもらえないまま、生きていきたくない。それじゃ、生きてることにならない。生きてる意味がない——）

彼女は頰杖《ほおづえ》をついて窓の外を眺めている。

（羊本さんだって、同じなんじゃないか……？）

昼休みになってすぐ、想星は彼女の席に向かって歩きだした。白森《しらもり》とモエナが固唾をのんで見守っている。ぽてと会で合議の上、あらかじめこうすると決めていた。

彼女は動かない。同級生たちは昼ご飯にありつこうとしている。持ってきた弁当を広げる者もいれば、売店に向かう者もいる。教室は騒がしい。

「羊本さん」

声をかけても、彼女は身じろぎ一つしない。想定内だ。想星は動揺していない。緊張しているだけだ。

緊張はしている。さっきから。

じつのところ、ずいぶん前から動悸《どうき》がしていた。

「今日は、どうかな」

想星が声音を乱さないように気をつけてそう言うと、彼女は体のどこかを微《かす》かに引きつらせた。頭か、肩か、腕か。どこかはわからない。正確には。とにかく反応があった。

「食べに行かない？　フライドポテト」

いくらか声が上ずってしまったかもしれない。

彼女がため息をついた。こちらを見ようとはしなかった。

†

『いいこと、想星』

その日の夜、姉に電話で釘《くぎ》を刺された。

『これは私たちにとって最大の危機だわ。おまえがのうのうと高校生のふりをしている間に、色々な場所で、様々な役割を持った者たちが動き回っている。この惨状を招いたのは誰？　おまえなのよ、想星《そうせい》。責任を自覚しなさい』

姉に脅されると、心臓が硬く縮んで、胃が絞り上げられ、うまく呼吸ができなくなる。これはもう条件反射だ。姉は自分の脅迫が想星を震え上がらせ、服従せざるをえなくなるように、時間をかけて条件付けした。パブロフの犬というやつだ。

そのメカニズムを理解していてもなお、姉に仕事を言いつけられたら、想星は忠実な飼い犬のように従うだろう。

ただ、今は仕事をする環境が整っていない。

空き家が全焼し、三体の焼死体が見つかって、そのうち二人の身元が判明したようだ。焼死体ではあるものの、三人とも死因は焼死ではない。火事が起こる前に死んでいた。それから、当時、火災現場付近の住民が銃声らしき音を聞いている。現場検証で銃弾のような物体も発見された。さらに火災の直後、何者かが鉄道橋で電車を急停止させた。電車の運転士や複数の乗客が銃声のような音を聞いたと証言している。

木野下璃亜武《きのしたりあむ》は死亡したと思われる。

しかし、死体が見つからない。

この混沌《こんとん》とした厄介な事態を引き起こしたのは、たしかに想星だ。さぞや組織に迷惑をかけているのだろう。姉が怒るのも無理はない。姉に叱られると、想星は苦しい。精神的につらいだけではない。肉体的な苦痛まで覚える。否応なく。

けれども、これは姉が言うほど悪い状況ではない。

仕事がない。

人を殺したり、その下準備をしたりする、忌まわしい仕事をしなくてすむ。

それに、想星にはぽてと会がある。

あすみん　にゃ？
もえなん　何それ？　にゃ？って？？
あすみん　とくに意味はないみゃ
もえなん　みゃって…？
あすみん　てか、羊本《ひつじもと》さんにポテト食べさせたいね
もえなん　食べさせたいってか　食べてもらいたい　あたし的には
あすみん　わかる！

（——よくわからん……）

そう思いながら、部屋のベッドの上でにやにやしている自分が気色悪い。

想星《そうせい》はなんだか落ちつかなくなってきてベッドから下り、スマホを片手にスクワットをしはじめた。胸が痛い。打撲傷はまだ癒えていない。そう簡単に治るわけもない。

あすみん　フライドポテトの王道っていえばマックかな

もえなん　結局おいしいからね　でも、あたしはモス

あすみん　サイゼのやつ美味じゃない??

もえなん　あれはフライドポテトじゃないんだよ　もちゃくちゃおいしいけど!

あすみん　出た!　モエナのもちゃくちゃ!

もえなん　高良縊《たからい》　フライドポテトじゃなきゃだめなん?

「——うおうっ!?　僕……!?」

想星は慌ててスクワットを中止した。フリック入力する指が震えた。

想星　どうでしょうか。僕は出店のフライドポテトとしか聞いておりません。

あすみん　ビジネスマンか!

もえなん　フライ以外でもおいしいポテトはたくさんあるよね

あすみん　あるあるー
もえなん　ポテチとかそもそも激うまいからね
あすみん　あたしピッツァのやつ好き
もえなん　ピッツァ言うな
想星　ピッツァのポテチがあるのですか？
あすみん　あるよー　知らない？
想星　存じあげなかったです…。
もえなん　色んなのあるよ　基本おいしい　びっくりするくらいうまいのもある
あすみん　いっぱいあるのは知ってるけど　地味にそこまで食べたことないなー
もえなん　ことごとく食べるべき！
あすみん　うんにゃー　食べたくなってきたー　ポテチポテチポテチ
もえなん　ポテチパーティーするのもありかも
あすみん　それ賛成！
もえなん　あたしが何種類か厳選して　みんなで食べるの　割り箸も用意して
想星　割り箸は何に使いますか？
もえなん　手がべたべたになるから割り箸使う　ポテチパーティーでは必須よ
あすみん　モエナ頭いい！

もえなん　いや普通だから
あすみん　モエナ大好き
もえなん　やめて…

猫的なキャラクターが投げキッスをするスタンプを白森《しらもり》が送った。モエナはさぞかし照れていることだろう。ちなみに、想星《そうせい》は身悶《みもだ》えていた。苦しいのではない。その逆だ。でも、やはり苦しい。想星はスマホを床に置き、無傷の右腕だけで腕立て伏せを開始した。
「何なんだ、この感情は……！」

あすみん　ポテパやるか??
もえなん　やりますか～
あすみん　予算決めて割り勘?
もえなん　放課後　場所は教室でもべつにいいと思うけど
あすみん　羊本《ひつじもと》さんをどやって誘うかだねー

高速で片腕立て伏せをしている場合ではない。だいたい、傷に響く。無理に体を動かさないほうがいいのかもしれない。想星はスマホを手にして床に正座した。

（たぶん、だけど。羊本さんは、本心からいやがってるわけじゃない……と思う。きっかけが必要なんだ。自分への言い訳っていうか。仕方ないって、納得できるような――）

想星　友人に協力を仰いでもいいでしょうか。
あすみん　どれ？
もえなん　どれって…
あすみん　間違い！　誰？
想星　林雪定《はやしゆきさだ》です。
あすみん　おー　林
もえなん　高良縊《たからい》、林と仲いいもんね
あすみん　だめとかはまったくないよ
もえなん　あたしも　問題ないと思う
あすみん　林に何頼むの？
想星　ちょっとしたことですが。
あすみん　作戦あり？？
想星　はい。お待ち下さい。雪定に連絡してみます。

想星《そうせい》は雪定《ゆきさだ》にメッセージを送ろうとしたが、うまくまとまらなくて途中で消した。音声通話のアイコンをタップすると、呼び出し音が鳴りだした。

(でも……考えてみたら、雪定に手伝ってもらう必要ってあるのか？　あすみんとモエナさんと僕の三人でも、なんとかなるような――)

雪定はすぐに出てくれた。

『もしもし？　想星？』

「うん……」

想星はなぜか笑ってしまった。

『え？　何？』

「いや。……なんか――うん。何だろ。……出てくれたのが、嬉《うれ》しくて」

『あ。おれも』

「雪定も？」

『だって、学校以外では話さないし。おぉっ、と思っちゃった』

雪定が喉を鳴らして笑った。

「そっか。……そうだよね」

想星もまた笑いたくなった。笑ってばかりは変だ。でも、こらえきれなかった。

(必要だとか必要ないとか。そういうことじゃない)

もっと単純なことだった。

(僕はただ、友だちに——雪定に、手伝って欲しかったんだ)

†

不安要素はある。

いくつもある。

そもそも難しい相手だ。確実な方法などない。万全を期して、成功しなければそのときはそのときだ。

授業はとうに終わっている。放課後の学校に残っているのは、部活動や委員会活動に勤《いそ》しむ生徒や、友人同士でだべるのが日課になっている者たちくらいだ。

二年二組の教室には現在、一人の生徒しかいない。

羊本《ひつじもと》くちなだけだ。

それは確認している。

すでに全員、配置についた。

想星と白森《しらもり》は教室前方の出入口近く、雪定とモエナは後方の出入口の脇で待機している。

あとは決行のときを待つばかりだ。

（……ていうか、僕が始めればいいだけだ）

さすがに緊張感が半端ではない。想星《そうせい》は下唇を噛《か》んだり、軽く舐《な》めたりした。いつでも後方の出入口から教室に突入できるようにスタンバっている雪定《ゆきさだ》が、想星を見て忍び笑いをした。その後ろからモエナが顔を出し、何してるの、と頰《ほお》を膨らませる。

「想星」

白森《しらもり》が後ろから囁《ささや》きかけてくる。背中をそっと押された。想星はうなずいた。

教室の戸を開けて中に入る。羊本《ひつじもと》は窓際の一番後ろの席だ。頰杖をついていない。でも、手袋を嵌《は》めた両手を机の上に載せて、窓の外に目をやっている。

反応があったのは、雪定が後方の戸を開けたときだった。羊本は後方の戸を見て、それから想星を睨《にら》みつけた。

眼光は鋭かった。けれども、眉が左右不均衡に吊《つ》り上《あ》がっていて、顎が緩んでいるのに口がすぼまりかかっている。羊本は驚いていて、戸惑ってもいるのだろう。それからおそらく、この件について想星を非難したがっている。

どういうことなの、これは。

なんで四人もいるの。

羊本は席を立とうとした。完全には立ち上がらなかった。中腰になったところで彼女は動きを止めた。

想星と白森が前方の戸を、雪定とモエナが後方の戸をふさいでいる。といっても、出入口は完全に封鎖されているわけではない。ただ前後の戸口に二人ずつ立っているだけだ。バリケードとしては不完全すぎる。突破は可能だ。二人、いや、二人のうち一人でも押しのければ、通り抜けられる。

「……卑怯者《ひきようもの》」

羊本が小声で罵った。すまないとは思っている。想星は彼女の弱みにつけこんだのだ。責められてもしょうがない。

想星一人ならともかく、白森がいて、モエナがいて、雪定がいる。突き飛ばすことも、手で押しやってどかすことも、足蹴にすることも、万が一を恐れる羊本にはできない。想星には確信があった。彼女は強硬手段を選ばない。

「ひ、羊本さん！」

声が裏返ってしまった。

雪定が、ぷっ、と噴きだした。

白森とモエナが手に持っていたエコバッグを掲げてみせた。二人は同時に言った。

「ポテパしよ！」

たぶん羊本はポテパという言葉の意味が理解できなかったのだろう。彼女の顔から怒りや驚愕《きようがく》の色がすっと消えて、当惑だけが残った。

白森《しらもり》とモエナが羊本《ひつじもと》の席めがけて突進した。想星《そうせい》と雪定《ゆきさだ》は目を見あわせて、念のため、戸口に留《とど》まった。

白森とモエナはものすごい勢いでポテパの準備を整えていった。羊本の席に近くの机をくっつけ、四人分の椅子を並べる。エコバッグから様々な種類のポテトチップスを取りだして、机に置いてゆく。

「何なの、これ……」

羊本は呟《つぶや》きながら椅子に腰を下ろした。中腰の体勢を維持できなくなったのだろうか。そんなにやわではないはずだ。観念したのだろうか。単に力が抜けたのか。

「ポテパ」

モエナが羊本に紙袋入りの割り箸を差しだした。

羊本は割り箸を凝視している。それが未知の物体であるかのように。

雪定が戸を閉めた。羊本の席のほうへ歩きながらこちらを見る。目が合うと、雪定は微笑《ほほえ》んだ。もう大丈夫なんじゃない、というような顔つきだった。想星も戸を閉めた。

羊本がいつまでも受けとろうとしないので、モエナは机に割り箸を置いた。白森と雪定にもモエナから割り箸が手渡された。椅子に座る前に、想星も割り箸をもらった。

二つの机を挟んで羊本と白森が向かいあった。白森の隣にモエナ、モエナの左斜め前に雪定が座った。想星は雪定の隣で、羊本の右斜め前だ。

雪定が目を丸くした。

「ずいぶんたくさんあるね」

「選び抜いた八種類」

モエナが堂々と胸を張ってみせた。

「ザ・スタンダードの薄塩味。海苔《のり》塩味。当然、外せないコンソメ味。あすみん一推しのピザーノポテト。食感ハード系ポテチの代表格、ブラックペッパー味。忘れちゃだめな、わさびとビーフ味。プレミアム路線の本格系、岩塩味。激辛っていうよりウマ辛って呼びたい、カラーイ・ムーチョ。まだまだ候補はあったけど、今日はここまで！」

「……ぜんぶ食べられるかな？」

想星が控えめに疑問を呈すると、モエナに鼻で笑われた。

「高良縊《たからい》はポテチを甘く見てる。これくらい、一気だから！　あたし一人でもいけちゃう可能性だってなきにしもあらずだよ」

「カロリーやばいよ、モエナ！」

白森が叫んだ。雪定は笑う。

「おれも食べてみたらいけるかも」

「そんなにいけるクチなの、林《はやし》!?」

モエナは食らいつくように雪定を見た。雪定は悠然と首肯した。

「まあね」

「林《はやし》って、たくさん食べる人なんだ。意外」

白森《しらもり》は感心したように言いながら、ピザーノポテトを開封しようとした。慌ててモエナが止めた。

「あぁっ、ちょっと待って、あすみん！　それ味が濃いから！　最初は薄塩から！」

「おー。そっか」

「順番はあたしに任せて。羊本《ひつじもと》さん、割り箸！」

モエナの剣幕《けんまく》に圧倒されたのか。羊本がついに紙袋入りの割り箸を手にした。

白森が、雪定《ゆきさだ》が、紙袋を破って中から割り箸を抜き取った。想星《そうせい》も羊本の様子をうかがいながら紙袋の端をちぎった。

羊本は無表情だった。見るともなく割り箸を見ている。

モエナが急に羊本から割り箸を奪い取った。想星は一瞬、肝を冷やした。羊本は唖然《あぜん》としていた。

モエナは手早く紙袋を破いて中身を取りだしやすい状態にすると、羊本に返した。

（……あぁ。羊本さんは手袋をしてるから――）

それでモエナは気を遣ったのだ。きっと、手袋を嵌《は》めたままの手では紙袋を破りづらいだろう、と。

モエナはもう薄塩味の開封に取りかかっていた。

「はーい、オープン完了！　羊本さん、食べて！」

「……わたし」

羊本はまるで助けを求めるような眼差《まなざ》しを想星に向けた。今の彼女との間に壁があるとは想星には思えなかった。どう考えても、高い壁に囲まれて孤立している者の目ではない。彼女自身が壁そのものなのではないか。そのように感じたこともある。とんだ思い違いだったのだろう。

想星はうなずいてみせた。

「このポテパのきっかけは羊本さんだし。そういえば、フライドポテトは食べたことないって言ってたけど、ポテトチップスは初めて？」

「……初めて」

羊本は紙袋の中から割り箸を出した。割り箸はやけにゆっくりと、きれいに割れた。彼女はもう迷っていないようだった。モエナが開けた袋から、大きくはない、比較的小さめの一枚をつまみ出す。それを口に入れた。

ぱりぱり、と割れる音が微《かす》かにした。

彼女はひめやかに咀嚼《そしやく》しながら、目をつぶった。

とうとうのみこんだ。

想星《そうせい》は彼女しか見ていなかった。白森《しらもり》やモエナ、雪定《ゆきさだ》がどんな表情をしているのか。皆が何を思っているのか。気にはなった。でも、彼女から目を離すわけにはいかなかった。想星はまばたきもしなかった。目が乾いて痛くなってきた。それでも我慢した。

「しょっぱい」

彼女はそう言ってから息をついた。

「……しょっぱくて、おいしい」

モエナが箸を持っていない左手でガッツポーズをした。白森は光を放っているかのようなまばゆい笑顔で箸をのばした。

「あたしもいただきまーす！」

「おれも食べよっと。いただきます」

雪定も続いた。モエナは素早い箸捌《さば》きを披露して一枚、二枚と連続で食べた。

「うっわ、これやっぱ、うまっ……」

羊本《ひつじもと》はまだ目を閉じている。想星は彼女を視界に収めたまま、薄塩味のポテトチップスを一枚味わった。舌から全身に電流が駆け巡った。

「──しょっぱくて、おいしい……」

「同じこと言ってる」

雪定が、ふふっ、と笑った。

モエナは海苔《のり》塩味とコンソメ味も開封した。

「食べ比べてみて、是非！」

白森や雪定が海苔塩味やコンソメ味に取りかかると、羊本がようやく目を開けた。おずおずと薄塩味をもう一枚、箸で挟む。口に運んで、目を閉じる。モエナはその様を一瞥《いちべつ》して頰《ほお》を緩めた。

（ひょっとして——みんなで薄塩味を食べてたら、羊本さんが手を出しづらい。それでモエナさんは、別のも開けたのかな……？）

「コンソメやばっ！」

白森がばたばたと床を蹴った。

「コンソメ！　羊本さん、コンソメも！」

羊本は白森にすすめられるまま、コンソメ味のポテトチップスをそっと箸でつまんだ。食べて、また目をつぶる。

「……違う、味がする」

「違うよね！　めっちゃおいしくない⁉」

「……おいしい」

「だよね！」

「……おいしい」

羊本《ひつじもと》は二度繰り返した。コンソメ味が気に入ったのかもしれない。

「海苔《のり》塩もいいね」

雪定《ゆきさだ》は海苔塩味をばくばくいっている。

「おにぎりとちょっと近いからかな。いくらでも入りそう」

「そろそろいっとく?」

モエナがピザーノポテトを開封すると、紛《まぎ》れもないチーズの濃厚な香りが一気に放出された。想星《そうせい》は思わず「おっ……」と声を出してのけぞってしまった。

「きたぁーっ！」

白森《しらもり》が手を叩《たた》いて大喜びした。

羊本は顔をしかめて目をぱちぱちさせている。実際、この匂いはなかなか衝撃的だ。

雪定がくんくん嗅いだ。

「うん。ピッツァっぽい」

「ピッツァ言うな！」

モエナが海苔塩味を食べながらツッコんだ。

「たまんない！」

白森がピザーノポテトに襲いかかる。立て続けに三枚、いや、四枚いった。

「——ぬぎゃー！　これこれこれこれ！　あたし、毎食これでも大丈夫！」

「さすがに胃もたれしない……？」

想星が言うと、白森は力強く首を横に振った。

「ぜんぜん！　ポテチは別腹だし！」

「……別腹だと、他にも食べなきゃだね」

「ていうか、このピッツァ味は主食にしちゃえると思う、あたし。別腹とか言っといてあれだけど」

羊本がピッツァ味に箸を向けようとしている。その箸先がわずかに震えていた。何しろ、ピッツァ味はかなり強烈そうだ。想星も若干ためらいがある。

羊本は一度まばたきをした。ぐっと目力が強まる。箸の震えが収まった。ピッツァ味を一枚とらえて、流れるような動作で口へと導く。途端に彼女は両目を瞠《みは》った。鼻から息を吸いこむ。

（……どうなんだ？）

想星は固唾をのんで見守った。

（平気なのか？　いける感じ？　それとも――）

羊本くちなが瞑目《めいもく》した。

じっくりと咀嚼《そしやく》している。

（どうなの……!?）

彼女が目を見開いた。

「すごく、おいしい」

「勝利！」

白森《しらもり》が快哉《かいさい》を叫び、左手でピースサインというかVサインを作った。勝利、と言った意味はやや不明だが、白森がもっとも好きだというピザーノポテトを羊本《ひつじもと》が絶賛した。それは白森にとって大変喜ばしい出来事だったのだろう。

「まだまだあるよ！」

モエナが他のポテトチップスを次々と開封してゆく。

「食べよ、食べよ！　どんどん食べよ！」

いくらなんでも多すぎるのではないか。想星《そうせい》は高校生の胃袋を舐《な》めていたのかもしれない。考えてみれば、想星自身も本来は食欲旺盛な高校二年生なのだ。普段は脂っこいものをあまり食べないのに、食べると入ってしまう。同じポテトチップスでも味違いが八種類もあるので、飽きるということもない。こっちを食べたら、あっちが食べたくなる。Ａの味を食べたあとでＢの味を食べるとおいしさが倍増するという、組み合わせの妙が発見されたりもした。

「――でも、物の三十分で完食しちゃうなんて……」

ポテトチップスの袋はすっかり空になっている。どの袋も。八袋とも、ぜんぶだ。

「おれ、思ったんだけど」

雪定《ゆきさだ》が微笑《ほほえ》んで言った。

「ご飯のお供にいいかもね。ポテトチップス。砕いてふりかけみたいにかけたりとか」

「それ、いい！」

モエナが雪定を指さした。

「晩ご飯のとき、さっそくやってみよっと」

「えぇーっ！」

白森《しらもり》は目を剥《む》いた。唇の近くに何か小さい物体が付着している。海苔《のり》だろう。

「これだけポテチ食べて、晩ご飯でまたポテチふりかけやるの!?」

海苔は右頰《ほお》のずっと下のほうについている。白森の隣に座っているモエナからは見えない位置だ。

(指摘したほうがいい……のかな……？)

そう思いはすれどできずにいたら、羊本《ひつじもと》が「白森さん」と呼びかけた。

「ん？」

白森が羊本に向き直って小首を傾《かし》げた。羊本は自分の左頰の下の方を人差し指で示してみせた。

「何かついている」

「えっ、ここ？」

白森は羊本を鏡に見立てて、即座にその物体を探りあてた。

「あ、海苔！　羊本さん、ありがと！」

羊本は下を向いて、頭を左右に揺すった。

とうに日は暮れている。教室は薄暗い。

「そうだ、電気つける？」

椅子から腰を浮かせたモエナを、雪定が制した。

「おれが――」

そのときだった。羊本が立ち上がった。鞄《かばん》を持っている。いつの間にか、彼女が使っていた割り箸は紙袋にきちんと収められ、机の上に置かれていた。

「白森さん。茂江《しげえ》さん。林《はやし》くん」

彼女は三人の名を順々に呼んでいった。彼女はうつむいている。でも、三人の顔を見ようとしていた。彼女がなんとか三人に目線を向けようとしているのが想星《そうせい》にはわかった。名を呼ぶたびに、彼女の体勢が微妙に変化していたからだ。

「高良縊《たからい》くん」

最後に彼女は想星に呼びかけた。一瞬ともいえない刹那、彼女の視線が想星を掠《かす》めた。

「ありがとう。ごめんなさい。わたしは先に帰る。さようなら」

誰も、何も言わなかった。誰かが口を開く前に羊本《ひつじもと》は歩きだした。早足だった。駆け足に近い速度だった。

羊本が後方の戸を開けて教室を出る寸前に、白森《しらもり》が手を振った。

「ばいばい、羊本さん！　またね！」

羊本は白森が言い終える間際に戸を閉めた。

白森は腕を下ろした。まだ閉まった戸を見ている。

モエナが何回かうなずいた。

「……まあ。ポテパ、できたし」

「おれも参加できたし」

雪定《ゆきさだ》が浮かべた笑みはどこまでも爽やかだった。

想星《そうせい》は知らぬ間に右手で左腕を押さえていた。

「そうだね……」

「ほんとに、そうだ――」

†

白森とモエナ、雪定とは地下鉄の静町《しずかまち》駅まで一緒だった。

想星《そうせい》は静町《しずかまち》駅で東西線から南北線に乗り換えた。一人で吊革《つりかわ》に掴《つか》まっていたら、喉や胸が締めつけられて涙ぐみそうになった。想星は狼狽《うろた》えた。

(……ええ？　どうしちゃったんだ、僕？　さっきまで、あんなにみんなと盛り上がってたじゃないか。過去最高レベルに——楽しかった。そうだよ。楽しいって、こういうことなんだって思うくらい。それなのに……)

静町駅から五駅、車輪町《しやりんちよう》駅で降車する頃にはかなり落ちついていた。

(もう、そこまで寂しくはない——)

改札を通過しながら、そんなことを思った。それで想星は気づいた。

(寂しい。……寂しいのか、僕は。そうだ。寂しいんだ……)

放課後のひとときを、友だちとあのような形で過ごしたことはついぞない。

ひょっとしたら、二度とないかもしれない。

(人は死ぬものだし——僕は、人殺しだから)

想星は地上への階段を一段一段上がってゆく。

今、スマホが鳴って、姉が想星に命じるかもしれない。

また誰かを殺せと。

(僕は拒否しない。拒めない。また殺す。……殺されるかもしれない。大丈夫だ。あと百十九回分。僕には命の残高がある。殺されても、僕は死なない——)

階段を上がりきって外に出た。夜の冷たい外気が肌に貼りついてくる。街の灯《ひ》がやけに遠く感じた。すぐそばの外灯の明かりは、想星の足許《あしもと》まで照らしているのに。

(信じてなんかない。命が尽きるまで死んだことはないし。大丈夫だと思って死んで、それっきりかもしれない。覚悟は、してる。いいだけ死んだし。普通こんなに死ねないってほど、死んできた。次に死んだときが終わりでも、しょうがない。僕には明日が来ないとして——あれが最後でよかった。ポテパができた……)

想星は信号待ちをしていたことを思いだした。

前方の歩行者信号は青だ。いつ青に変わったのだろう。

通行人がぽつぽつと想星を追い越して横断歩道を渡ってゆく。向こうからやってくる通行人は少ない。

しかし、横断歩道の手前で足を止めているのは想星だけではなかった。

背後に誰かいる。

(まさか——)

あの幽霊のことが脳裏をよぎった。

想星は振り返った。

幽霊のほうがまだ驚かなかったかもしれない。幻覚なのではないかと疑いもした。見直しても、彼女はそこにいる。

「羊本《ひつじもと》さん……？」

彼女は目を伏せている。口を隠しているマフラーがわずかに動いた。何か言おうとしたのか。声は聞こえなかった。

「ええ、と……どう、したの？」

「片づけをしなかった」

これほど聞きとりづらい声を聞きとれたのは奇跡に近い。

「……え？　かたづけ？」

「わたしは先に帰った。片づけをしないで。謝らないと」

「あぁ――」

たしかに想星《そうせい》たちは、あのあとポテトチップスの空き袋と使用済みの割り箸を処分した。

羊本はそのことを言っているようだ。

「や、うん。……まあ、ね。だけど、みんな気にしてなかったっぽいし……」

「わたしは気になっている」

「じゃあ……明日、話せば？　学校で会うだろうし」

「あなたから伝えておいて」

「……いいけど」

「保証がない」

羊本は付け加えるようにそう言うと、マフラーをさらに引き上げた。

(自分の口で伝えられる、保証がない――)

それは単に、白森《しらもり》たちに直接話す自信がない、ということかもしれない。挨拶をしがてら、昨日はごめんね、と言えばいいだけのことだが、羊本にとってはなかなかハードルが高いだろう。

あるいは、そうではなくて、言いたくても言えない可能性がある、ということかもしれない。

何かよほどのことがない限り、普通の高校生には明日がある。そのよほどのことは、めったに起こらない。だから、無視していい。実際、たいていの高校生は、明日友だちと会えないかもしれない、などとは考えもしないだろう。

(でも……僕たちには、保証がない――)

明日、この世界に自分はもう存在していない。

それは想星のような仕事をしている者にとって、十分ありうる現実だ。

「羊本さん」

「何」

「今日は、楽しかった?」

返事があるまで、想星はいつまでも待つつもりだった。その必要はなかった。

羊本《ひつじもと》はやはり想星《そうせい》と目を合わせずに、くぐもった低い声で、それでも明確に答えた。

「楽しかった」

「よかった」

想星は心の底からそう感じた。

「僕も楽しかった。すごくね。あんなに楽しかったのに、みんなと別れたら、苦しくて。寂しくなって。……怖くて」

羊本が視線を上げた。想星を見た。

想星は白い息を夜に浮かべた。

その向こうに彼女がいた。

「楽しいことがあると、怖くなるんだ。こんなこと、もう二度とないかもしれない。たぶん、ないんじゃないかって思う。あるわけないって。……たとえ二度となくても、楽しかった記憶が残る。何もないよりは、ましなのかな。だけど、いっそなかったほうがって、思ったりもするんだ。……ああ、あのとき楽しかったなって……思いだしたくない。どうせ、もうあんなに楽しいことはないんだから。虚《むな》しいし、つらいだけだ。でも……今日は楽しかった。後悔は、してない。ポテパはこれっきりかもしれない。二度目はないかもしれない。それでも、よかった。羊本さんと一緒に……みんなで、楽しい時間を過ごせた。終わっちゃったって思うと、寂しいけど。やっぱり、すごく楽しかった」

「おいしかった」

羊本はおそらく笑ったのだと思う。マフラーを下げたら、彼女の口許《くちもと》はほころんでいるに違いない。

「ポテトチップス。忘れない」

またやろう。

いつでもやれるよ、ポテパなんて。

そう言えたらどんなにいいか。

(僕は、知ってる――)

ポテパはあれが最初で最後かもしれない。二度目もあると信じるには、想星は人を殺しすぎている。

さっき羊本に話さなかったことがある。話せなかったことが。

仕事になると、想星は自動的に切り替わる。最優先事項は標的を殺すこと。そして、正体を知られないこと。木野下璃亜武《きのしたりあむ》に殺害された女性のように、想星が救うことのできた命もある。救えなかったのではない。想星は救わなかった。

自分は罪深い。想星はそう思っている。

心が痛む、とは言えない。

痛む心があるのなら、見殺しになどできないはずだ。

きっと高良縊想星《たからいそうせい》には人間の心がない。だから、楽しいとか、寂しいとか、悲しいとか、まともな人間のように感じることはできない。どの感情も偽物でしかない。人間の心を持たないのであれば、それは人間ではない。

高良縊想星はどこにでもいる普通の高校生になりたかった。あくまでも普通の高校生のふりをしているだけだ。

人間ごっこをしているだけだ。

(羊本《ひつじもと》さん、きみはどう……?)

彼女には想星と似たところがある。

想星なら彼女を理解できるかもしれない。

人間の心を持たずに人間ごっこをしている想星のことを、彼女なら理解してくれるかもしれない。

この手で殺した者の幻覚か幽霊を見る、人でなしのことを。

「っ——……」

幽霊は羊本のずっと後ろにいる。

地下鉄駅の入口近くにコンビニがある。ちょうどそのコンビニの前あたりだ。

マッシュルームカット。上はオーバーサイズのパーカーで、下はカーゴパンツか何かだ。

幽霊はこちらに体を向けている。というより、明らかに想星を見ている。

幽霊ではない。幻覚でもない。

「木野下《きのした》……」

想星は思わず呟《つぶや》いてしまった。

木野下璃亜武《りあむ》。

やつが自分の首に右手の親指を押しあて、横に動かしてみせたからだ。

「──きのした」

羊本が小声でやつの名を口にした。

木野下が身をひるがえした。走りはしない。ゆったりと歩いている。あの動き。想星を誘っている。

想星は羊本の脇を駆け抜けた。コンビニを行きすぎながら振り向くと、羊本はまだ横断歩道の手前にいた。想星のほうに顔を向けている。

「ごめん、羊本さん……！」

「ごめん！」

聞こえないだろうが、もう一度謝罪してひた走る。左腕の傷はそれほどでもないが、地面を蹴るたびに胸の打撲傷が疼《うず》く。木野下が角を曲がった。想星は木野下に六秒ほど遅れた。離されてはいない。木野下は地面を走っている。ついてこい。想星にそう言っている。

何か企《たくら》んでいるのか。何の目的もなく想星の前に姿を現すわけがない。

（殺したのに……！　なんでだ……⁉　いや——）

それはいい。今は考えても仕方ない。

車輪町《しゃりんちょう》は住宅街だ。ここから五百メートルほどの環状通り沿いには大型店舗が並んでいるものの、方向が違う。正反対だ。通勤者や通学者の帰宅時間なので、交通量はそれなりに多い。前を行く木野下《きのした》が、続いて想星《そうせい》が、三十代くらいの女性とすれ違った。女性は何事かとびっくりしていた。

木野下は市営団地の横を駆けてゆく。一区画に四階建ての白い集合住宅が四棟建っている。団地の敷地に入るのか。いや、入らない。

その先の民家がひしめく区画を抜けて、アパートが並ぶ区画に出ると、木野下は車道を斜めに突っ切って横道に入った。まっすぐ行けば、左手に公園がある。野球ができるような広めの公園だ。

（違うか……！）

木野下はその公園には見向きもしなかった。さらに一区画先だ。今度は左手ではなく右手に、学校がある。

小学校だ。

木野下がフェンスの支柱をするすると駆け上がってゆく。フェンスの向こうはグラウンドだ。校舎は明かりがついていない。別棟の体育館も。無人だ。誰もいない。

木野下がフェンスのてっぺんに達した。飛び降りない。走り下りてゆく。人間業ではない。やつはNG系だ。无重力方式《No Gravity System》。重力に抗《あらが》うというよりも、重力の働き方を改変できるのか。まったくなんてチートだ。

想星はフェンスに沿って走りつづけた。フェンスは高さ二メートルくらいまでが金網で、そこから八メートルほどまでがネットだ。よじ登れないこともないが、時間がかかる。それに登っている間、無防備になってしまう。フェンスはグラウンドに張られていて、その先は低いコンクリート塀だ。あの塀なら跳び越えられる。

木野下はグラウンドを横切って校舎を目指している。

想星はスマホを取りだして姉に電話をかけた。呼び出し音が鳴りはじめてすぐ、姉が応答した。

『想星?　何なの?』

「木野下がいます」

『はあ?』

「殺したのに、生きてるんです」

『間違いないのね?　追跡中なの?』

「はい。今、車輪町の小学校に――」

想星はコンクリート塀に跳び乗って、向こう側に下りた。

「もう人はいないみたいですけど。ああ、でも、防犯カメラはあるか……」

『それはどうにでもなるわ。中に入ってセンサーを作動させたら面倒だけど。カメラの映像くらいなら改竄《かいざん》できる』

想星《そうせい》はフェンスを回避するために校舎の側面まで回りこんだことになる。急いで校舎裏手に面しているグラウンドに向かったが、木野下《きのした》の姿が見あたらない。校舎の裏手側にも出入口はある。閉まったままだ。窓にも異状はない。

「……いないな。どこに行ったんだ」

『相手はおまえを認識しているのね？』

「正直、ここまで誘いこまれました。……生きてるなんて」

『始末しなさい』

「……学校帰りなんで、武器がないです」

『学生生活を楽しんでいるようね。何よりだわ』

姉が楽しげに笑う。もちろん、嫌みだ。

「ええ、まあ、おかげさまで……」

『相手は武器を持っているはずよ。奪えばいいでしょう』

「……簡単に言いますね」

『小学校ですって？』

『木野下が生きているということは、おまえの力を把握している可能性が高い。それがどれだけ危険なことか、馬鹿なおまえでもわかるでしょう』

「僕は……ほとんど丸裸だ」

『おまえがチャーチ・オブ・アサシンの〝死天使サマエル〟だということを、木野下は知らないはずよ。仮に知られたら、本当にまずい。とにかく何度死んでもいいから、木野下を仕留めなさい。必ず。一刻も早く』

「了解」

想星は通話を終了してスマホをしまった。

(仕事の時間だ)

一つ息をつく。

(終わってなかった仕事を片づける。それだけのことだ)

想星は校舎と体育館の周囲を一巡りした。一応、防犯カメラの位置を確認しておいたが、姉が何とかすると言っていたので気にしなくていいだろう。L字形の校舎は三階建てだ。別棟の体育館は校舎よりやや低い。窓や外壁と屋上はとくに注意を払って観察した。

(——いない)

木野下は想星を置いて去ったのか。それは考えづらい。どこかに隠れているのか、想星の動向をうかがいながら見つからないように移動しているのか。

この小学校の校舎には時計塔がある。

L字の縦線と横線が交わるところから突きだしている高さ六メートル程度の時計塔は、がらんどうの構造物だ。時計塔西側の壁に開口部があり、昼間だとそこから内部が見える。天井がなく、吹き抜けになっているのもわかる。

（木野下《きのした》はここまで僕を誘《おび》き寄《よ》せた）

想星《そうせい》は鞄《かばん》を地面に置いて体育館の外壁をよじ登りはじめた。校舎よりも体育館のほうが登りやすそうだったからだ。

体育館の屋上から校舎の屋上へと跳び移る。体育館の屋根はアーチ状に湾曲しているが、校舎の屋根は平らだ。時計塔の開口部まではたやすく行けた。

これは罠《わな》だ。

（虎穴に入らずんば虎児を得ず――）

十中八九、木野下は時計塔の中で待ち伏せしている。

どのような手を使ってくるのか。定かではないが、予想できたとしても、武器を持たない想星は先制攻撃できない。まずは受けに回る。そこから反撃するしかない。

（得意なパターンじゃないか）

これは競技ではない。殺しあいだ。戦いに勝って勝負に負けることも、その逆も、通常ありえない。相手を殺すことで決着がつく。それがルールだ。

普通と違って死ねる想星は、そのルールの外にいる。それが強みだ。それだけが。

あと五十センチほど前進すれば、時計塔の内部だ。

想星は二歩目で時計塔の中に入った。

何か来ることは予期していた。

上だ。真上ではない。向かって右斜め上から何か飛んでくる。銃声はしなかった。銃弾ではない。

想星は左斜め前方に駆けた。時計塔北側の内壁に背を預ける。硬い物体同士がぶつかる音を聞いた。何回も。想星は壁に沿って左へ横歩きする。右のこめかみを何かが掠《かす》って後ろの壁に弾《はじ》かれた。その瞬間、想星は首を左に曲げた。さもないと、それは右頰《ほお》に当たっていただろう。右耳が少し切れた。刃物か。

やつは動いている。

時計塔の内壁を移動しながら刃物を投げつけてくる。

吹き抜けの四角い夜空と西壁の開口部だけがやけに明るく浮かび上がっている。あとは闇だ。やつには想星が見えているのか。

「――くっ……」

左の鎖骨の上あたりに刃物が突き刺さった。想星はそれを右手で引き抜きつつ、左ではなく右に横っ跳びした。小ぶりのナイフだ。鍔《つば》はない。投げナイフか。

急に投げナイフが飛んでこなくなった。想星《そうせい》が投げナイフを持っているからか。やつが投げてきたら、飛んできた方向に投げ返すつもりだった。

(読まれてる……)

やつはどこにいるのか。

わからない。

まったく、何の気配も感じない。

(でも、やつは——僕の居場所を把握してる。正確に)

発砲しなかった。銃を持っていないのか。弾がないのか。撃つつもりがないのか。住宅街のど真ん中で銃声を轟《とどろ》かせるのはさすがにまずい。それくらいの分別はあるということなのか。撃たないと想星に思わせようとしているのか。

(やつは、撃たない)

想星は山を張ることにした。

ちゃちな投げナイフ程度で片がつくとは、やつも考えていないだろう。おそらく牽制《けんせい》でしかない。

昔、英米の特殊部隊が使っていたような両刃のナイフをやつは持っていた。かなり扱い慣れてもいるようだった。

(——本命は、接近戦)

想星は投げナイフを握り直して構えた。鍔《つば》がないし、切れ味も期待できない。果物ナイフと大差ない。それでも何もないよりはいい。

（やつは僕の動きを止めた。攻めてくるはず……）

どこだ。

やつはどこかにいる。

想星に接近しようとしている。

すでに肉薄しているかもしれない。

何も感じない。ここまで存在感を消せるものなのか。

（上――）

勘だった。あるいは、やつに頭上から奇襲された経験、記憶が、想星を突き動かしたのか。想星は投げナイフを斜めに振り上げた。ちょうど自分自身の頭の四十センチほど上の空間を投げナイフが薙《な》ぎ払《はら》った。空振りだった。

「っ……」

ただ、息をのむような音がした。

いる。

やつだ。

暗くて見えないが、壁を歩いて想星に迫ろうとしていたのだろう。

いや、もう迫っている。至近距離だ。

仕掛けてくる。

ナイフか。

想星《そうせい》は投げナイフを繰りだして応戦しようとした。

「──え……!?」

かろうじて撥《は》ね返したが、これは。違う。やつが振り下ろしたのはナイフではない。もっと別の、何だ? 刃物ではない。次は上からではなかった。横だ。左方向からそれが襲いかかってきた。避《よ》けられない。それが想星の左頬《ほお》にめりこんだ。

「ぐあっ──」

想星はとっさに前方に身を投げだした。鈍器か。ハンマーのたぐいだろうか。頬骨が砕けたかもしれない。壁。やつは壁を自由に歩けるし走れる。壁から離れないと。

もっとも、壁から離れたところで、やつから逃げられるわけではない。垂直の壁も、水平の床も、やつにとっては同じだ。

想星は跳び起きた。途端に右足外側のくるぶしを痛打された。間を置かず、右膝も鈍器でぶっ叩《たた》かれた。想星は立っていられなくなった。開口部に向かって倒れこむと、その衝撃が胸の打撲傷に重く鋭く響いた。息が、できない。かまわず想星は開口部めがけて這《は》った。這い進もうとしたところを、やつに鈍器で乱打された。

投げナイフはどこかへ行ってしまった。うつ伏せはだめだ。身を守れない。想星は左腕を下にして横向きになり、体を丸めた。右腕で頭を庇《かば》おうとしたら、右肩やら右肘やら右の手首やらを鈍器で殴られまくった。あっという間に右腕が使い物にならなくなった。

「あはっ」

やつが声を発した。

笑い声だった。

（なっ……——）

おかしい、と思ったが、それどころではない。やつの得物は鈍器だ。ハンマーのようなものだ。大きくはない。柄の長さは三十センチといったところか。トンカチだ。やつはそのトンカチで想星をめちゃくちゃに打った。めちゃくちゃといっても、めった打ちとは違う。関節だ。やつのトンカチは、どこもかしこもではなく、骨と骨の連結部、体の曲がる部分を狙い打ちしている。

依然として想星は左腕を体の下に隠していた。右腕がだめになっている。肩や肘、手首だけでなく、指まであのトンカチで打たれまくって、ろくにどころまるで動かせない。脚はどうだろう。両膝ともかなり壊されている。しかし、完全に破壊されてはいないので、多少は動かせる。いくらかは動くとしても、役に立つかどうか。

（やばい……やばい、やばい、やばい、やばいやばいやばいやばいやばいやばい——）

痛い。脳を直接いじくられているかのように、痛い。脳には痛覚がないのだが。どこが痛いのか。痛みのもとはどこなのか。わからない。とにもかくにも痛い。電気信号が脊髄を通じて脳に伝わり、痛みとして感じられる。最終的に痛みという感覚をつくりだすのは脳だ。だから、脳が痛い。今の想星《そうせい》にはそんなふうにしか感じられない。

痛みが思考の邪魔をする。痛みをかき分けて、想星は考えている。どうにか物を考えようとしている。

(死なないと)

そうだ。

(死ぬしかない)

どうやって?

(——使う)

何を?

(暗器)

高良縊《たからい》想星はどこにでもいる普通の高校生のふりをしている。仕事のとき以外、武器は持ち歩かない。普通の高校生は武器など携帯しない。制服の上着の袖に仕込んであるアイスピック状の道具は、違う。武器ではない。人殺しに使えなくもないが、それは人を殺傷するための器具ではない。使わない。

右手は動かない。左手だ。左腕を体の下にして庇《かば》っている。左手は動く。左袖は、無理か。左袖に仕込んだ暗器は抜き取れそうにない。ならば、右袖だ。暗器は右袖にも仕込んである。でも、重い。体が。邪魔だ。左腕が体の下敷きになっている。

仰向《あおむ》けに。

そうだ。

仰向けになればいい。

想星は体を右方向に転がそうとした。

「いひっ、はっ……！」

やつが笑った。引きつったような笑い声を立てて、トンカチを振り下ろす。トンカチは想星の胸の真ん中あたりに叩《たた》きつけられた。

頭の中が真っ白になった。

あるいは、真っ黒か。

真っ暗闇なのか。

（――死……）

もしかして、死んだのか。

（ちがう……）

違う。

　生きている。死んでいない。残念ながら。

「くっくっくっくっ……」

　誰かが、笑う。

　笑っている、これは誰だ。

（だれ……）

　わからない。

　変だ。

「いっひっひっひっひっひっ……」

　この、声。

（……おんな……）

　そうだ。声が。この声は。

（きのした……？）

　違う。フ×ック、ファ×ク、と叫ぶ声を想星《そうせい》は覚えている。木《き》野《の》下《した》璃《り》亜《あ》武《む》の声を。

「私の兄を殺しやがって《You killed my brother》」

　この声は、違う。女性の声だ。

「フ×ックユー……！」

　女がトンカチを振るう。

「――ぇぇぇぇぇぇああぁぁぁぁぁ……」

想星は悲鳴というより苦鳴を上げた。はっきりとした、絶望的な痛みだった。下腹部だ。股間を一撃された。急所だ。とりわけ男性にとっては。それでいて、必ずしも致命的ではない。けれども、恐るべき急所だ。

「きっきっきっきっ……」

奇妙な笑い声だ。女は大笑いしたいのをこらえているのかもしれない。押し殺そうとしているが、抑えきれていない。

「おまえが何者なのか知らないけど《I don't know who you are》――」

女は想星の頭をトンカチでこつこつと叩《たた》いた。

「殺さない。殺しても、おまえは死なない、だろ《Right》？　生きたまま、つかまえる」

（……二人――）

いつの間にか想星は仰向《あおむ》けになっていた。

（二人、いた……最初から、木野下璃亜武は、二人……）

左腕は動く。

動かせる。

（ブラザー……僕が殺したのは……こいつの……）

木野下は二人いた。

瓜二《うりふた》つの二人。

兄妹《きょうだい》だった。

それにしても、似すぎている。双子か。性別が違うということは、二卵性の双子なのかもしれない。

(……そういうことか……だから……だったのか……)

あの日、木野下《きのした》は隠れ家から出たはずなのに、なぜか中にいた。瞬間移動したのではない。木野下兄が外に出た。もう片方の木野下妹は隠れ家に留《とど》まっていた。兄は妹に呼び戻されたのか。もしくは、異変を察知して戻ってきたのか。その兄を想星《そうせい》は殺した。兄の死体は妹が隠すか埋葬するかしたのだろう。それで見つからなかった。

「おい……」

想星は木野下妹に呼びかけてから、大口を開けた。

舌をベロッと出してみせる。

何も木野下妹を馬鹿にしたわけではない。舌を噛《か》み切《き》れば、適切な手当てを迅速に受けないと窒息死する。

「ははっ！」

木野下妹は短く笑うなり、想星の口にトンカチをぶちこんだ。叩《たた》いたのではない。ハンマーの部分を横にして想星の口に押しこんだ。舌はトンカチに半ば潰された。

　これでは舌を噛み切って自死することはできない。どのみち確実性が低い方法だ。

　想星は左手を右腕のほうにのばした。右袖に仕込んである暗器を抜くためだ。ところが、右腕の感覚がまるでない。どこに右腕があるのかもわからない。右腕は思ったより遠くにあるようだ。ちょっと左手をのばしたくらいでは届かない。体を右方向にひねらないと無理だ。それか、右腕をたぐり寄せるか。そもそも、左手というか左腕が想星の期待に応えてくれない。どうした。動け。ちゃんと動けよ。動いてくれ。

「何やってんだよ《What the f××k are you doing》？」

　のろのろしているうちに気づかれた。木野下妹は想星の口からトンカチを引き抜いて、左腕を打ちすえた。大工が釘《くぎ》を打つような手並みだった。何本もの釘を深く、正確に。またたく間に想星の左腕は、ただ痛みをもたらすだけの物体に成り下がった。

「さて《Well》──」

　木野下妹は想星を見下して、トンカチをくるりと回した。時計塔の中は真っ暗のはずなのに、ぼんやりと木野下妹の顔が見える。開口部から射《さ》しこむわずかな光に照らされているのだろうか。

「……しょうがない、教授に相談するか《I have no choice but to talk to professor》……」

　何か呟《つぶや》いている。プロフェッサー、という言葉だけは聞きとれた。

（こんなものか──）

呆気ない。これで終わりか。いや、この怪我だ。治療しなければ死ぬかもしれない。死ねばまたやり直せる。百十九回死ぬまでの間には機会が巡ってくる。それはどうだろう。生かさず殺さずで、なぶられつづけるのではないか。それくらいなら、さっさと百十九回殺して終わらせて欲しい。終わりでいい。楽しいこともあった。今日あった。あすみん。モエナさん。雪定《ゆきさだ》。そして、羊本《ひつじもと》さん。ありがとう。さようなら。ああ、なんだか、羊本さんみたいだ。みんな、ありがとう。別れも言わずに、ごめんなさい。僕はお先に失礼します。さようなら。あれが最後か。最後。そう思えて嬉《うれ》しいような、悲しいような。またやりたかったな、ポテパ。明日、会えたらよかったな。昨日は楽しかったねって、話したかった。こないんだ。そんな日はやってこない。僕には明日がない。そうだと思ってたよ。そんなことだろうと思ってた。楽しかったもんな。楽しすぎた。これは罰だ。僕への罰なんだ。仕方ないわ。リヲ姉《ねえ》が言っていた。そうだね。仕方ない。僕は殺すべきじゃなかった。リヲ姉だけじゃなくて、殺すべきじゃない人をきっと何人も殺した。救えたはずの人を大勢見捨てた。だから受《う》け容《い》れるよ。僕は罰を受けるよ。でも、僕だけで勘弁してくれないかな。僕が罰を受けるから、羊本さんには明日が来てくれるといい。僕はもう学校に行けないけど、風邪か何かだと思って気にしないで。きっとあすみんとモエナさんが声をかけるから、羊本さんは恥ずかしがらずに何か話してみて。ちょっとずつでいいから、雪定も交えてポテパのことを話してみてよ。ああ、僕もそこにいたかったな。

「何も選べない」

羊本さん。

「もう、あなたには」

なぜだろう。

羊本さんの声が聞こえた。

糸を切られた操り人形のように木野下《きのした》妹が倒れた。

その後ろに羊本さんが立っていた。

右手を前に出している。白い右手を。素手だ。手袋をしていない。その手で木野下妹にふれたのか。首筋かどこかをさわったのだろう。

ああ、羊本さんは鞄《かばん》を二つ、抱えている。一つは自分の鞄だ。

もう一つは誰の鞄だろう。

羊本さんが倒れ伏した木野下妹を迂回《うかい》して歩み寄ってくる。

しゃがんで、見ている。見下ろしている。

羊本さんの目が。

見つめている。

「その傷は、死ねば治るの」

羊本さんが抑揚を削《そ》ぎ落《お》とした低い声で訊《き》く。

この有様で声を出せるのかどうか。言葉を発することができるのか。わからないまま、治るよ、と言う。

「そう」

彼女の白い手が近づいてくる。彼女の手で目をふさがれる。

そして、想星《そうせい》は文字どおり生き返る。足許《あしもと》で木野下《きのした》妹が死んでいる。手許《てもと》には鞄《かばん》が置いてある。想星の鞄だ。

彼女はいない。木野下妹を、それから想星を殺して、彼女は立ち去った。

今すぐ追いかければ、彼女の後ろ姿を見つけられるかもしれない。しかし、そうするつもりは想星にはなかった。時計塔の四角い夜空を仰ぐ。想星は呟《つぶや》いた。

「また、明日――」

118 LIVES LEFT

CONTINUE?

あとがき

この小説ではいろんな人が出てきては主人公に始末されてしまいます。
1巻の原稿を書いたときにもう、思いました。
こ、これは……、
ちょっと、ね。
もったいないんじゃないか？
——と。
望月《もちづき》さん（1巻参照）なんて、僕はとても好きなタイプのキャラクターです。
ところが、ですよ。
登場した途端、退場してしまう。
過酷な……、
無情といえば、あまりに無情な……、
運命ですか？
どうなんだろう。
これ。

一生懸命ひねりだしたキャラクターが、どんどん消えてゆく。

せつない。

というか、またしぼりださないといけない。

つらい……。

そんな現実的な問題も、僕としてはあるのですが、読んでくださっている方にとっても、どうでしょうか。

こいつおもしろいやつだな……、
そう感じたところで、すぐにいなくなってしまう。

どうなの、これ？

まあ、そういう小説なので、しょうがありません。

それに、もしかしたら生き残るやつだって、これから出てくるかもしれません。出てこないとは限らない。

ともあれ、この小説を書きつづけたいです。なるべく書きつづけられるように、どうか今後ともよろしくお願いします。

なお、あとがきは何回書いても苦手です。

十文字青《じゅうもんじあお》

MF文庫J

恋は暗黒。2

2022年12月25日　初版発行

著者　十文字青

発行者　山下直久

発行　株式会社KADOKAWA
〒102-8177 東京都千代田区富士見2-13-3
0570-002-301（ナビダイヤル）

印刷　株式会社広済堂ネクスト

製本　株式会社広済堂ネクスト

Printed in Japan　ISBN 978-4-04-682038-9 C0193

◇◇◇

【ファンレター、作品のご感想をお待ちしています】
〒102-0071 東京都千代田区富士見2-13-12
株式会社KADOKAWA　MF文庫J編集部気付「十文字青先生」係「BUNBUN先生」係